일제강점기 조선의 일본어 아동문학

『문교의 조선』(1928년 1월) 〈동화호〉 번역

일제강점기 조선의 일본어 아동문학

『문교의 조선』(1928년 1월) 〈동화호〉 번역

초판 인쇄   2016년 6월 23일
초판 발행   2016년 6월 30일

저 자 조선교육회
편역자 이현진·유재진
펴낸이 이대현
편 집 권분옥
펴낸곳 도서출판 역락
주 소 서울시 서초구 동광로 46길 6-6 문창빌딩 2층
전 화 02-3409-2060(편집부), 2058(영업부)
팩 스 02-3409-2059
등 록 1999년 4월 19일 제303-2002-000014호
이메일 youkrack@hanmail.net

정 가 16,000원
ISBN 979-11-5686-334-2 03830

이 저서는 2007년 정부(교육과학기술부)의 재원으로 한국연구재단의 지원을 받아
수행된 연구임(NRF-2007-362-A00019).

일제강점기 조선의
일본어 아동문학

『문교의 조선』(1928년 1월) 〈동화호〉 번역

조선교육회 저 ‖ 이현진·유재진 역

역락

역자 서문

이 책은 1928년 1월에 간행한 『문교의 조선文教の朝鮮』(제29호)의 <동화호> 특집을 번역한 것이다. 『문교의 조선』을 간행한 조선교육회는 1902년에 결성된 경성교육회를 모체로 1910년 12월에 조직된 교육단체이다. 1915년 조선교육연구회로 축소 개편되었다가 1922년 조선교육령이 개정되면서 이듬해 다시 조선교육회로 확대되었다. 조선교육회의 회원은 명예회원, 특별회원, 보통회원이 있었는데 명예회원은 학식과 덕망이 우월한 자, 특별회원은 특별한 공적이 있는 자로 규정하였다. 보통회원은 교육에 종사하는 일반 인사로 1926년부터 회원 모집운동을 전개하면서 1만 명을 넘게 되었고, 1929년에 2만 명을 돌파하였다. 조선교육회의 역할은 총독부의 관변단체로서의 기능을 충실히 수행하는 것으로 교육에 관한 의견 발표, 교육자료 조사, 잡지발행 및 도서 발행, 교육유공자 표창, 학술강연회 및 강습회 개최, 사회교육 시설 및 지도 장려, 교육 사정 소개, 학사사찰 등이었다. 이러한 사업의 일환으로 『문교의 조선』을 발행하여 회원들에게 배포하면서 총독부의 통침방침에 협조한 것이다.

『문교의 조선』은 일본어로 발행된 월간 종합잡지로 1925년 9

월부터 1945년 1월호까지 총 220호가 발행되었다. 창간호가 나온 이래 1차례의 휴간(1943년 3월)과 3차례의 합병호를 제외하고 20년 동안 간행되었다. 잡지의 기간이나 성격으로 보아『문교의 조선』은 『조선급만주朝鮮及満洲』(1912~1941), 『조선공론朝鮮公論』(1913~1944)과 함께 일제강점기의 식민통치, 교육, 사회, 문화를 이해하는 데 크게 도움을 주는 자료라 할 수 있다.[1]

『문교의 조선』은 창간호부터 구회口會, 학설學說, 연구研究, 만화漫畫, 잡록雑錄, 문예文藝, 휘보彙報 등으로 구성했지만, 1929년 9월 제49호부터는 대부분 구회와 휘보로 간소화되거나 현상논문, 사조소개思潮紹介 등 새로운 지면을 추가하여 구성되었다. 동화는 1926년 2월의 제6호부터 1936년 11월 제135호에 걸쳐 꾸준히 게재되었는데, 특히 1928년 1월호는 <동화호>라는 부제가 달린 특집호로 간행되었다. 『문교의 조선』은 시류나 총독부 정책에 발맞추어 특집호를 발간하였는데 1928년 1월에 <동화호> 특집을 간행하게 된 배경에는 교육현장에서 동화의 중요성을 강조하기 위함과 더불어 조선총독부가 아동교육에 주목하여 식민통치 정책의 일환으로 조선의 문화를 파악하고자 정리해서 펴낸 조선민속자료 제2편 『조선동화집朝鮮童話集』(1924)의 간행도 있을 것이다. 일본에서도 『세계동화대계世界童話大系』(1924)를 비롯하여 『조선동화집朝鮮童

1) 이상의『문교의 조선』간행에 관한 정보는 최혜주「해제」『文教の朝鮮　總目次・人名索引』(어문학사, 2011)을 참조하였다.

話集』(1926)과 『일본옛날 이야기집日本昔話集』 上·下(1929, 30) 등의 아동문고가 잇달아 간행되어 아동문학의 성장기를 이루었다.

　<동화호>의 「신년소감」에서 학무국장 이진호는 내선융화의 결실을 거두고 조선인들로 하여금 실로 제국 국민으로서의 자질과 자각을 얻기 위해서 무엇보다 초등교육의 보급 및 발달을 급선무로 삼지 않으면 안 된다고 밝히고 있다. 즉, 초등교육의 확장을 우선으로 하여 내실화를 기하는 일이 필요하다는 인식이다. 이번 <동화호> 특집의 구성도 이와 같은 맥락에서 전년에 새로이 조선 총독으로 부임한 야마나시 한조山梨半造 총독의 조선총독부 및 소속관서 직원에 대한 훈시를 비롯하여, 동화와 교육, 동화 구연에 관한 논고, 동화, 아동극, 창작 단카短歌, 창작동요, 아동들의 작문 등 초등교육 수학자와 교육자를 대상으로 한 다양한 내용들이 실려 있다.

　특히 동화를 살펴보자면 조선의 흥부와 놀부 이야기를 일본인이 개작한 「보은의 박報恩の瓢」이라는 동화와 내선일체를 드러내고 있는 동화 「두 개의 콩은 하나二つの豆は一つ」, 시대풍자를 다룬 조선인이 쓴 조선동화 「개미와 파리 이야기蠅と蟻との話」, 북선 변방을 배경으로 한 「황토의 끝皇土のはて」, 재조일본인 소년의 이야기를 다룬 「하루야스와 금화榮泰と金貨」 등 다양한 동화의 유형을 살필 수 있다. 더불어 당시 조선에 거주하였던 재조일본인과 조선인 소학생들의 창작물인 단카, 시, 작문, 동요 등도 함께 게재

되어 있어 교육자뿐 아니라 수학자들의 일본어 글쓰기의 정도와
정서도 함께 살펴볼 수 있다.

　이렇듯 교육에 종사하는 교원들에게 배포된 것이 『문교의 조
선』이었으니 일제의 식민정책과 관련하여 조선의 아동들에게 어
떠한 동화가 보급되었는지 본 번역서를 통해서 그 유형을 살필
수 있을 것이다. 더불어 일제강점기 조선에서 교육에 종사하였던
이들이 동화에 대해서 어떠한 이념과 아동문학관을 지녔는지도
엿볼 수 있을 것이다. 본서는 이러한 일제강점기의 교육 관련 사
료로서의 가치뿐 아니라 단순히 옛 동화, 일제강점기 일본어로
창작된 동화를 감상할 수 있는 읽을거리로서의 가치도 있을 것이
라 사료된다. 이에 번역에 있어서 아동문예나 동화와 상관없이
잡지의 구성상 매호 게재되는 「문교배단文教俳壇」, 「문교가단文教歌
壇」, 「휘보彙報」는 제외하였다.

　마지막으로 국내에서 일제강점기 당시 조선에서 창작된 일본
어 동화에 대한 연구가 아직 척박한 상황에서 본 『문교의 조선』
<동화호>를 번역할 기회를 주신 고려대학교 글로벌일본연구원
의 과경 식민지 일본어문학·문화센터장이신 정병호 교수님과
촉박한 일정에도 성심성의껏 편집을 맡아주신 도서출판 역락의
권분옥 선생님께 깊이 감사드린다.

2016. 6.

이현진·유재진

차례

오노의 고향

마쓰오카 에이큐松岡映丘

봄 노래

도이 사이호土居彩畝

조선총독부 및 소속관서 직원에 대한 훈시

불초하나마 조선총독의 대명大命을 받아 임무를 맡게 된 오늘 친히 여러분과 대면하게 되었습니다. 게다가 오로지 지성至誠으로 국가에 봉사하고 여러분의 협력을 얻어 주야로 힘씀으로써 일반 기탁寄託에 의탁하지 않을 것을 기대하는 바입니다.

조선 통치에 임함에 있어 오로지 한일병합의 굉모宏謀[2])에 따르고 조선총독부 관제 개정의 정신에 기초하여 시세의 진운進運에 응하고 완급緩急 그 적절함을 정하여 시설 경영을 진전시켜 나가야 함은 말할 나위 없습니다.

지금 본부本府 설치 후 이미 18년이 경과했고 시정제반의 성적이 현저함은 일반이 인정하는 바입니다만, 이것은 필경 오랜 세월 여러분이 끊임없이 선임자를 보좌하고 노력한 결정結晶에 다름

---

2) 큰 계획.

아닌 것입니다.

그러나 조선 통치는 실로 국가의 장계長計이고 지난 과거에 있어서 숱한 성과도 통치의 대국大局에서 이를 바라본다면 백년의 도정道程에서 일보를 나아간 것에 지나지 않는다고 말할 수 있을 것입니다.

따라서 금후 기정旣定 계획의 완성 및 각종 시설의 개선 충실에 노력함은 물론이고 나날이 전진하고 나날이 새롭게 하는 국시國是에 근거하여 시운에 순응하는 기획을 태만히 해서는 안 되기 때문에 여러분은 불초와 함께 금후 더욱 노력하여 통치에 기여하기 바랍니다.

시세의 진운에 따른 관공서의 사무도 또한 더욱 복잡다단해져 이의 처리는 한층 민활함을 요구하기 때문에 해당 직원은 끊임없이 사무를 간편하고 빠르게 하여 능률을 올릴 것입니다. 또한 안으로는 제반사무의 연락을 긴밀히 하고 밖으로는 오로지 민중의 편의를 염두에 두고서 친절하게 사무를 취급하길 바랍니다.

기강紀綱 진숙振肅3)이 긴요하다는 것은 말할 나위 없지만 대체로 관의 공리公吏4)는 공명정대의 태도로 동료들과의 파벌을 경계하고 근엄 청렴하여 적어도 이 직무를 더럽히는 일 없이 일반의 신뢰를 두텁게 하기 위해 노력하길 바랍니다.

---

3) 쇠한 것을 북돋우고 느즈러진 것을 바짝 단속함.
4) 지방공무원의 옛 일컬음.

취임 후 아직 조선의 실정을 소상히 밝히지 못하기에 이상은 당장 소회所懷의 일단을 말한 것에 지나지 않습니다. 금후 천천히 제반의 조사와 공구攷究를 달성하여 기회를 보아 통치에 관한 소견을 말할 테니 여러분의 유의留意를 바라마지 않습니다.

1927년 12월 20일
조선총독 야마나시 한조山梨半造[5]

---

5) 야마나시 한조(1864~1944) : 일본제국 육군 대장으로 1927년부터 1929년까지 조선 총독을 지냈다.

下閣造半梨山督總鮮朝

조선총독육군대장 야마나시 한조 각하

샤덴 앞에서

겐사쿠 다로菅笑太郎

신년소감

학무국장 이진호李軫鎬6)

쇼와昭和 3년(1928)의 봄은 우리국민에게 있어 가장 의의 깊고, 또한 가장 빛나는 국가적 행동의 출발점이라 할 수 있다. 양암諒闇7)으로 침울했던 일 년은 벌써 과거가 되었다. 국민은 지문지무至文至武로써 더구나 풍요로운 춘추를 맞이하게 하신 금상폐하의 통솔 하에 용약흔무勇躍欣舞하여 세계의 큰 무대에서 활동해야 할 시기가 도래한 것이다.

무릇 부화浮華를 멀리하고 실질을 더하며 모의를 억제하고 창조에 힘쓰며 일진함으로써 회통會通의 운을 타고 일신함으로써 경장更張의 기약을 연다.

---

6) 이진호(1867~1946) : 아호는 성재星齋. 조선 후기의 개화파 무관이며 일제강점기의 관료. 조선총독부 중추원 참의도 지냈다.
7) 임금이 부모의 상중에 있음.

이는 폐하 천조践祚 후 조현 의식에서 내려주신 성칙聖勅이다. 이 성지聖旨를 배찰하면 국민에게 실질로 강건한 기풍과 자주독창의 정신, 진취 활동의 의기를 내보이신 것이라 말할 수 있을 것이다.

그럼으로 국민은 이 성칙을 삼가 받들어 이상의 삼대표어 아래 새로운 의기와 노력으로써 세계의 경쟁 속에 돌입하는 것이다. 이것이 실로 내가 쇼와 3년의 봄이야말로 가장 의의 깊고, 또한 가장 빛나는 국가적 행동의 출발점이라 말한 이유이다.

그런데 우리 조선은 더욱이 일대 경신경장更新更張의 시기가 도래했다. 그것은 말할 나위 없이 야마나시 신임 총독의 내임과 함께 각 방면의 사업에서 면목을 새로이 해야 할 시기가 된 것이다. 과거 9년의 긴 시간 동안 사이토齋藤 전 총독이 실시하신 소위 문화정치로 인하여 조선의 문화개발은 약진에 약진을, 이것을 병합 당시와 비교해 보면 거의 격세지감을 느낄 만큼의 일대진전을 거두었다. 야마나시 신임 총독은 그 뒤를 계승하여 커다란 포부와 경륜으로써 통치 전반에 대하여 그 큰 역량을 발휘하고, 이로써 반도민의 행복 증진에 큰 공헌을 이룩하실 것이다.

이런 의미에서 반도의 제 시설은 더욱더 새로운 출발점에 서있는 것이라 말할 수 있을 것이다. 나의 소관인 교육에 관한 일, 또한 깊게 이 점에 유의하고 달리 뒤처지지 않도록 노력할 생각이다.

　조선의 교육도 초등학교, 중등학교, 실업학교, 전문학교 및 대학의 각 방면에 걸쳐 대강은 갖추어졌다고 말할 수 있다. 그러나 이것은 형식에 있어 갖추어졌다고 말할 수 있는 것일 뿐, 그 내용에 있어서는 아직 멀었고, 이제부터 내실을 기하고 개선을 해 가지 않으면 안 된다. 이를 충실히 도모하기 위해서는 앞으로 상당히 많은 세월이 요구되는 것임을 각오하지 않으면 안 된다.

　나는 초등교육의 확장을 우선으로 하고 싶다. 조선에는 아직 의무교육 제도가 갖추어져 있지 않다. 이 제도가 없다고 해서 많은 자제들을 무학으로 마치게 해서는 결단코 안 된다. 실로 내선융화의 결실을 거두기 위해서는, 또한 조선인들이 실로 제국의 국민으로서의 자질과 자각을 얻기 위해서는, 무엇보다 초등교육의 보급 및 발달을 급선무로 삼지 않으면 안 된다.

　다음으로 나는 조선의 교육을 지금보다 더욱 실생활에 적합한 교육으로 만들고 싶다. 이것은 내지에서도 한창 창도되고 있지만, 교육이 단순히 학문을 배우고 실제생활과 관련 없이 취급되는 것은 커다란 오진이 아닐 수 없다. 내가 과거 3년간 실업보습학교를 세우고, 초등학교의 실과實科교육을 장려하고 더욱이 중등 여러 학교에 실과를 필수과목으로 정한 것은 이러한 정신에서이다. 지금 세계사조는 한창 교육의 실제 생활화를 부르짖고 있다. 나는 이 점을 한층 고려하여 어떤 일이 있어도 착오가 없도록 하고 싶다.

사범교육에 관해서도 가장 신중한 고려가 필요하다고 생각한다. 교육은 일진월화日進月化하고, 책임을 맡은 교사의 소질 또한 나날이 새로움을 요구한다. 이런 점에서 현재 각 도 사범학교의 조직, 수업연한, 그 밖의 제반 사항들이 과연 적당하다고 말할 수 있는지. 만약 적당하지 않다면 어떻게 개선해야 하는지. 나는 이런 사항들에 관해서 현재 충분한 조사를 하게 하였다.

그 밖의 일반 교육에 걸쳐서 여러 가지 잡다한 문제들이 있다. 그것들은 모두 당면한 문제이고 가능한 한 빨리 해결해야 하는 것들이지만, 이러한 문제들을 충실하게 개선하기 위해서는 그에 따른 재정문제가 있다. 교육만 독자적으로 다른 여러 설비에 앞서 나아갈 수는 없다. 먼저 재정이 뒷받침되는 한도 내에서 가능한 한 노력을 기울이고, 큰 성과는 훗날을 기약하지 않으면 안 된다. 따라서 내가 여기에서 언급한 문제들도, 단 내 희망의 한 부분으로 봐 주었으면 싶다. 이것을 내가 발행하는 약속어음으로 받아들여서는 대단히 곤란하다.

동화의 본질과 교육

다카다 구니히코高田邦彦

"집을 도망쳐 나온 거니? 왜."

웬디가 놀라서 물었습니다.

"엄마가 어른이 되면 어떤 사람이 될 거냐고 해서 놀라서 도망친 겁니다. 전 어른이 되는 게 싫어요. 어른이 되어서 콧수염 같은 것이 자라고 심술궂은 얼굴을 하고 사는 건 견딜 수 없으니까요. 전 언제까지나 어린 아이로 남아 재미나게 깔깔거리며 살고 싶기에 바로 도망쳐서 마녀 집단에 들어간 겁니다."

"어머, 마녀, 마녀가 정말로 있니?"

웬디는 이야기 속에서 들었던 좋아하는 그 마녀와 이 피터팬이 함께 있다기에 놀라서 이렇게 물었습니다.

"있고말고요."

피터팬이 말했습니다.

"하지만 지금 마녀가 자꾸자꾸 죽습니다."

"왜?"

"아기가 태어나서 처음 웃으면 그 웃음이 마녀가 되는 겁니다. 그러니까 갓난아기가 태어나면 그 아기에게 한 마녀가 붙는 셈이죠. 그런데 아이들은 조금 어른이 되면 마녀 같은 건 이야기 속에나 나오는 거지 진짜 마녀는 없는 거라고 모두 그렇게 생각합니다. 그럴 때마다 마녀는 한 명씩 사라져 없어지는 거랍니다."

        *   *   *

이것은 영원히 아이로 있고 싶어서 네버랜드로 도망친 영원한 소년 피터팬 이야기 속의 한 장면이다. 피터팬의 말에 의하면 갓난아기의 첫 미소는 한 명의 마녀를 낳는다. 그렇기에 아기만큼 순수한 자는 늘 마녀와 함께 살 수 있다. 바꿔 말하자면 인간이 아기처럼 순수하게 살아 있는 동안은 마녀와 놀 수 있는 것이기에, 이러한 사람들은 네버랜드에서 살 수 있는 것이다. 그런데 인간이 한번 마녀의 존재에 불신을 품을 만큼 순수함이 탁해지면, 즉 유아의 미소와 같이 웃을 수 없게 되면 마녀들은 나날이 사라진다고 하니까 그런 사람들은 이제 네버랜드로 갈 수는 없게 되는 것이다.

그래서 피터팬 작자는 이 이야기의 마지막 행에 이렇게 적고 있다.

아이들이 활발하고 천진난만하다면 영원히 네버랜드에 갈 수 있다. 거기서는 피터가 나무 위에 지은 집 밖에서 앉아 피리를 불면서 봄을 부른다.

*   *   *

네버랜드는 마녀들이 놀고 있는 나라일 것이다. 마녀는 일반적인 표현이고 요정이라 불러도 좋다. 초자연적인 존재이면 된다. 요정들이 사는 나라라서 「꿈의 나라」라 해도 좋고 「동화 속 나라」라 불러도 좋을 것이다. 그 동화 속 나라에서 노는 이야기가 옛날이야기이고, 옛날이야기야말로 동화의 다른 이름이라고 생각한다. 어느 일파의 동화학자는 동화는 모든 아동에게 들려주는 이야기라 정의하지만, 그것은 빠짐없이 모두 다 포괄해서 말하는 것이 최상의 정의라 여기고 동화의 본질을 파악하려다 만 것에서 나온 실수라 생각된다. 동화는 역시 노발리스Novalis[8]의 말처럼 "어디에나 있으나 아무데도 없는 고향의 꿈이다." 그것이 꿈의 나라로 유혹하는 이야기도 아니고, 그것이 요정의 날개소리도 들을 수 없는 이야기이며, 그것이 판타지 세계를 뛰어다니게 만드는 이야기도 아니고, 그것이 유아의 첫 미소에 담긴 순수함을 띤 풍운風韻도 아닌 모두 현실적인 이야기라면 어찌 동화라고 말할 수 있겠는가.

---

8) 노발리스(1772~1801) : 독일의 낭만주의 시인·이론가.

동화는 아이를 영원히 아이 나라에서 살게 해야 한다. 그래서 아이가 동화의 세계에서 노는 것은 영원한 젊음을 되찾는 것이고, 현실생활의 번잡함 속에 있으면서도 마음만은 영원히 젊은 고향으로 되돌아가서 그곳에서 청신함과 용기를 되찾는 것이다. 플로베르Gustave Flaubert[9]가 "목욕이 몸을 상쾌하게 하는 것처럼 이야기는 마음을 상쾌하게 한다."라고 한 말은 의미 깊다.

*   *   *

동화의 나라 즉 꿈의 나라는 아이들을 새로운 힘으로 소생하게 하는 곳이다. 그렇다면 동화의 나라에서 노는 것은 틀림없이 유열과 흥미의 존재를 요구한다. 유열이 없고 흥미가 없는 곳에서 아이들이 놀려고 하겠는가. 재미있기에 가보고 싶어진다. 도저히 멈출 수 없으니깐 동화를 열심히 읽는 것이다. 만일 이를 의심하는 자가 있다면 「천일일야이야기千日一夜物語」의 발단과 결말을 읽어 보아라.

사랑하는 왕비의 불륜을 보고 세상의 모든 여인에 대한 신뢰를 잃어버린 왕은 아침에 한 처녀를 궁전으로 들이어 이 처녀를 왕비로 삼고 그 다음날 아침 그녀 목을 베었다. 그렇게 왕이 다스리는 나라 안 처녀의 수는 날이 갈수록 줄어들어 마침내 재상

9) 귀스타브 플로베르(1821~1880) : 프랑스 소설가.

이 사랑하는 두 딸만 남게 되었다. 그 사랑하는 딸 중, 언니가 스스로 궁전으로 들어와 왕에게 매우 재미나는 이야기를 하였다. 그 이야기는 매일 밤 가장 재미나는 대목에서 다음날 밤을 기약하며 끝이 났다. 그리해서 왕은 천일일야 동안 유열과 흥미로운 이야기에 이끌려 결국엔 마음이 온화해지고, 왕비의 목숨을 빼앗는 것이 잘못된 일임을 깨닫는다는 모두가 아는 아라비안나이트 이야기.

무서운 귀신도 누그러뜨린다고 하는 동화의 공덕을 강조하는 건 지나친 자화자찬일지 모르겠지만 여하튼 동화의 생명이 재미에 있다는 건 분명하다.

그럼 이 재미가 아이의 인생에 어떠한 가치를 줄까요. 그것은 자라나는 아이의 마음이 유열과 흥미로 성장하기 때문이다. 재미는 아이 영혼에서 부는 바람이자 비이다.

기쁨 가득한 것이 얼마나 아이들에게 가치 있는 일일까. 기쁨은 아이들의 육체적 건강을 증진시키는 것은 물론이고 밝은 세계를 아이들 앞에 전개시켜줘서 올바른 도덕심에 단비를 붓는다. 아이의 시대를 아이답게 향락하게 하는 건, 바로 기쁨에 찬 아이의 밝은 세계를 실로 펼쳐주는 일이다.

*   *   *

동화의 세계는 정서의 세계, 이상의 세계이다. 마쓰무라松村10)

박사도 말했다.

'동화는 무수한 사건과 시추에이션과의 착종적 전개이다. 거기에는 두려워해야 하는 것, 기뻐해야 하는 것, 슬퍼해야 하는 것, 용기 내어 분발해야 하는 것 ─ 모든 감정적 갈등이 일대 소용돌이를 이루며 생멸하고 있다. 이것은 아이 정서의 시련과 계양啓養에 대한 큰 은혜가 아니겠는가.'

또한 이와 같은 말도 하고 있다.

'동화의 문예적 우수성의 첫째는 뛰어난 상상이다. 동화의 세계는 관념의 세계이며 상상의 세계이다. 거기엔 경이로운 일과 초자연적인 일이 아름답고 눈부시게 활약하고 있다. 거기서는 우리들과는 다른 성질과 영적인 능력을 지닌 상상적 영물靈物이 종횡으로 뛰어다니고 있다. 평범하고 속된 오성이나 감각으로는 생명이 없어 보이는 것이 모두 개성화되고 인격화되어 신비한 생명과 힘으로 지배되고 있다. 그리하여 우리들은 커다란 유열과 황홀과 미감을 느낀다.'

아이는 이미 지知를 구하고자 하는 그 자체이다. 늘 미지의 나라를 동경한다. 스티븐슨Robert Louis Balfour Stevenson[11]의 동요 「미지의 나라」가 이를 잘 말해주고 있지 않은가. 미지의 나라를 동

---

10) 마쓰무라 다케오松村武雄(1883~1969) : 신화학자. 유럽의 신화와 일본 신화의 비교연구를 주로 함.
11) 로버트 루이스 스티븐슨(1850~1894) : 영국의 소설가이자 시인.

경하는 아이의 마음은 미래의 희망으로 불타고 있다. 거기에 생명이 생장하는 생활이 존재한다. 현실 생활을 의미 있게 전개하는 안내자의 역할을 담당하는 것은 판타지이다. 상상의 날개를 펴고 아이들은 꿈의 나라를 소요한다. 그 노정에 자유가 있고 해방이 있고 기쁨과 즐거움이 있다. 자유와 해방, 기쁨과 즐거움이 얼마만큼 아이 마음의 신장에 도움이 되는가.

아이는 현대문화의 전승자로서 존재 의의가 있다지만, 살아 움직이는 마음을 지닌 아이는 단순한 유형의 기존문화 전승자가 아니다. 아이 내면의 문화 창조성은 과거문화를 전승하고 더욱이 이를 창조하려 한다. 거기에 문화의 창조가 있고 전파가 있다. 그래야만 교육의 가능성이 보이는 것이다. 동화의 가치는 이러한 문화 창조의 소인素因을 계배啓培하는데 있다는 것을 잊어서는 안 될 것이다. 판타지의 가벼운 날갯소리에 문화는 혜택을 입는다. 동화는 예술의 최고 형식이라고까지 노발리스가 말한 것은, 결국 이런 상상이 예술이 갖는 의의를 고조시킨 것에 다름 아니다. 슐레겔Friedrich von Schlegel[12]은 '이치를 더듬어 나가는 이성의 법칙과 방법을 쓰지 않고 영혼을 빼앗는 공상의 미궁, 또는 인성의 원시적인 혼돈에 다시 뛰어드는 것이야말로 모든 시의 시작이다.'라고 말한 것을 보아도, 동화와 시가 예술상 동일 범주 안에

---

12) 프리드리히 폰 슐레겔(1772~1829) : 독일의 시인이자 철학자, 역사가.

들어 있다는 것을 헤아릴 수 있다.

 인성의 원시적인 혼돈에 뛰어든다는 것은 동화의 고향을 암시하는 것으로도 생각된다. 동화의 고향은 미개민족의 마음이다. 미개민족의 마음은 아이의 마음과 유사할 것이다. 현대의 복잡하고 번잡한 사회생활 속에 오뇌하고 막다름의 비애에서 흐느끼는 사람의 마음을, 원시민족의 순수함의 고향으로 되돌리기 위한 마음의 작용이야말로 소위 상상의 작용이라 말하지만, 아이의 마음 그 자체에는 하등의 상상이 아닌 생생한 현실이다. 그것은 아동심리를 연구하는 사람이면 모두 이해할 수 있다.

 그러하기에 동화 세계의 상상에 논리적 통일이 없다고 평가하는 것은 타당치 않다. 나는 마쓰무라 박사처럼 동화 세계의 상상에 논리적 모순을 느끼지 않는다. 왜냐하면 아이가 아이답게 살아가는 현실생활의 노정에는 하등의 조화나 통일이 없을 리 없기 때문이다. 마쓰무라 박사의 말을 인용해 보겠다.

 동화에는 아동만이 ― 어른이 아이에게 줄 수 없다면 슬픈 일이다 ― 무의식적으로 인식한 논리적 통일이 아름다운 모습으로 엄연히 존재하고 있다. 이야기 속에서 활약하는 초인간 존재의 행동이 비논리적으로 보였다 하더라도 그것은 어른의 구속되고 제한된 경험과 오성으로 그리 비쳐진 것이다. 아동 ― 아직 경험과 오성의 무거운 쇠사슬이 배후에서 당기고 있지 않는 자유로운 그들에게는 결코 비논리적이지 않다. 그들은 현실세계에서 초자연적 초인간적 영격靈格이 존재하는 것을 허용하고 신앙한다. 또한 이들 영격에는 무한한 능력이 존재하는 것을 허용하고 신앙한다. 그들은 동화 세계에 있어 이러한 허용과 신앙을 기초로, 또한 전제로 출발한다. 이미 아동에게 있어 이러한 전제가 진실이라면 이들 영격이 어떠한 행동을 취하고 어떠한 작용을 일으키더라도, 이것은 전제로부터 추출된 당연한 귀결이지 않으면 안 된다. 거기에 아동에게만 부여된 논리의 세계가 있고, 아동만이 인식하는 진리의 세계가 있다. 그렇기에 동화의 내적요소가 아무리 관념적이고 상상적이어도 오히려 아동의 모든 마음을 파악할 수 있는 것이다.

*   *   *

동화의 세계는 미의 세계여야 한다. 미는 사람의 온 마음을 감동시킨다. 동화에 유인하는 능력이 있는 것은 결국 이 미의 힘에 의한 것이다. 동화의 미에 관해서도 그 종류에 따라 다르다. 물질적 미, 도덕적 미, 지적 미 등이 있다. 그리고 어느 동화나 그 하나로만 기울지 않고 서로 조화로이 포함하고 있다. 즉 동화가 예술적인 이상 모든 문화가치가 미의 색채를 띄운다. 그리스 신화의 전아함과 우아함, 북유럽 신화의 호탕함과 그윽함, 안데르센의 섬려함과 청수함, 그림Grimm의 평명함과 온화함, 아라비안나이트의 환상과 기괴, 아름다움 등 각양각색으로 미 아닌 것이 없다.

*　　　　　*　　　　　*

　동화의 나라는 사랑의 나라이다. 모든 사람이 이루고 혹은 이루려고 하는 것은 그 유입되는 곳이 사랑이어야 한다.

　하나의 동화가 얼마나 아름답고, 얼마나 상상에 차 있으며, 얼마나 유열의 극한을 지녔어도 그 안에 사랑으로 묶여진 사람의 마음을 암시하고, 또한 표시하고 있지 않는다면, 그 동화는 세상에 존재하는 것으로서 값어치가 낮은 것이다. 사랑은 인간 영혼의 오묘한 매듭이다. 그리고 그 진정한 사랑은 이웃에 대한 사랑이고 민중에 대한 사랑이다. 자기에 대한 사랑과 권세욕, 물질에 대한 욕망을 위한 사랑은 일고의 가치도 없다. 호손Nathaniel Hawthorne[13]의 「큰 바위 얼굴」이라는 동화가 있다.

　　산간 마을 겹겹이 쌓인 암석이 모여 있고, 스스로 자비 현량한 거인의 얼굴을 하고 있는 것을 보고서 이 마을에 언젠가 이 큰 바위 얼굴과 똑같은 용모의 위인이 출현하리라는 예언을 듣는다. 그리고 산촌의 한 소년 어네스트는 그 위인의 출현을 손꼽아 기다리고 있었다. 그러자 산촌 출신의 대부호가 외국에서 돌아왔다. 마을사람은 예언된 위인의 출현이라며 기뻐 맞이하였다. 그러나 그는 일개 수전노에 지나지 않았다. 소년은 매

---

13) 너대니얼 호손(1804~1864) : 미국의 소설가.

우 실망한다. 이어서 똑같이 산촌 출신의 대군인, 대정치가, 대시인이 차례로 돌아왔다. 그러나 마을사람은 이들을 기뻐 맞이하고 곧 실망했다. 노년이 된 어네스트는 이제 예언된 위인이 나타나지 않음을 한탄하고 있었다. 그런데 우연한 기회에 자비롭고 현량한 큰 바위 얼굴과 똑같은 용모를 지닌 자는 산촌에서 논과 들을 갈며 평화롭고 온량하게 생을 보낸 어네스트 자신이었다는 걸 알았다. 진정한 위인은 금전을 쫓는 부호도 아니고, 피와 공명을 쫓는 대군인도 아니며, 권세에 기뻐하는 대정치가도 아니었다. 또한 명예를 열구하는 대시인도 아니고, 일견 평범한 것 같지만 실로 인간다운 생활을 보낸 노한老漢 어네스트였던 것이다.

(마쓰무라 저서에서)

우리들은 이러한 동화를 읽음으로써 매우 고상한 도덕심과 무한한 인간애를 상기시키게 된다. 동화의 나라가 이러한 진실한 인간애의 세계가 아니라면 무엇이 되겠는가. 헛된 화려함과 아름다움을 몽상하고, 헛된 용장을 존경하는 결과가 조금이라도 동화를 읽는 아이들의 마음 구석에 남는다면 동화의 본질에서 천리만리 멀어지는 것이다.

*   *   *

사람은 보다 좋은 생활을 하려고 의식하고 행동한다. 보다 좋은 생활은 문화가치의 조화로운 생활이다. 광명이 있는 생활, 기쁨에 찬 생활, 천 번이나 되풀이해 살고 싶은 생활이어야 한다. 그것은 자기 독선적인 생활도 아니고 고요하고 고독한 생활도 아니다. 사람과 함께 서로 사랑하고, 사람과 함께 맺어지는 생활이며 대지를 평온하게 걷고 대지의 따스함을 사람과 함께 느끼는 생활이다.

모든 사람의 의식과 무의식적인 행동은 그것을 향해 앞으로 진전한다. 그러기 위한 사회조직이어야 하고 교육이어야 하며 예술이어야 한다. 보아라. 그러기 위해서 가장 아름답게, 가장 부드럽게, 가장 흥미롭게, 모든 가치가 조화롭게 그 의의를 간직하고 있다. 아이들에게 주어지는 가장 잘 어울리는 게 동화 외에 또 있을까. 실로 동화야말로 하나의 거울이고 인생의 다양한 모습을 비쳐내고 있는 것이다. 그리고 동화의 교육적 가치는 온전히 그것이 문화가치의 하나 됨을 가지고 있는 까닭에 아이들의 모든 심경의 계양을 가능하게 하는데 있음을 강조하고자 한다.

(1927. 12. 23)

동화의 가치 및 동화구연자의 조건

사다 요시히로佐田至弘

　　동화에 관한 이론과 실제에 관한 문헌은 이미 각 방면의 선배님들이 논의하셨기에 새삼 동화에 관한 문헌에서 논의를 되풀이하는 것은 의미가 없다고 생각하여 저는 좀 다른 방면에서 동화에 대한 체험을 말씀드리고자 합니다.

　　이미 본지 11월호에서 다카미 세이타로高見淸太郎 씨가 「동화의 교육적 가치 연구童話の敎育的價値硏究」라는 제목으로 상당히 권위 있는 의표意表를 발견하셨기에, 저는 이 교육적 가치를 갖는 동화가 널리 아동에게까지 미치는 영향에 관한 이야기를 하려고 합니다.

　　우리들은 우리 아이들에 대한 동화를 이야기합니다. 또한 경우에 따라서는 이것을 써주기도 하는데 거기에 어떠한 의의가 있는지 말씀드리자면, ‘옛날 그 옛날’이라고 시작하는 이야기에서부터 할아버지 할머니가 화롯가에서 손자들에게 이야기를 해주었던 그 습관이 오늘날까지 이어져 우리들의 동화로 발달해 온 것입니다. 동화에는 어떠한 인생의 가치가 있을까요. 모든 문화적 사상이 뿌리에서부터 그 의의를 다한 오늘날에 있어서 동화도 마찬가지로 단순한 정의에 따라서 이야기되는 것이 아니라, 그 뿌리를 향해서 의의를 탐구해야만 합니다. 동화가 단순한 가정의 오락일까요, 그렇지 않으면 수업시간의 시간 때우기 재료일까요, 혹은 교훈의 수단일까요. 그것은 어떤 점에서 그렇다고 여겨지는 경우도 있겠지만, 우리들은 그러한 동화관으로 만족할 수는 없습니다. 우리들의 진보한 시대의식이 그런 단순한 해석에 그치는 것을 허락하지 않습니다.

그렇다면 동화가 인생에서 갖는 사명이란 어떤 것인가. 그것은 아이 정신생활의 중요한 한 요소로 이미 만인이 인정하는 바입니다. 말할 나위 없이 동화는 아동예술입니다. 우리들 인생의 교양의 한 요소로서 예술이 절대적으로 필요한 것과 마찬가지로 우리 아이들에게도 인생의 교양의 요소로 동화가 요구되는 것입니다.

그럼 동화 인생의 교양에서의 사명이란 무엇인가 하는 것이 되겠지요. 말씀드릴 필요도 없이 예술은 인생의 세련된 재현이고 인간생활의 결정입니다. 그리고 그 교육의 결과는 인간에게 인생의 다양한 사상에 대한 정확한 비판과 동정어린 고찰 능력을 갖게 하고, 인간의 정신생활에 있어 빠질 수 없는 것입니다. 따라서 동화의 사명이 얼마나 중대한 것인가 하는 점이 분명해지는 것입니다.

그런데 지금의 상황에서 보자면, 그 큰 사명에 비해 그 연구가 얼마나 무책임한지를 알 수 있습니다. 성인은 자기 스스로 예술을 비판하고 선택할 능력을 가지고 있지만, 아이들은 단지 주어진 것을 수용할 따름입니다. 이 점에서 <동화 구연자의 조건>이 실연實演의 경우에 있어 간과할 수 없는 연구 항목이 되는 것입니다. 그래서 그 형식에 관해서나 내용에 관해 어느 정도 깊은 주의를 기울여야 하는 것입니다.

최근 제가 내지의 주요도시 단체에서 초빙을 받아 순회구연을 갔을 때 각지의 상황을 보더라도 아동예술계의 상황은 실로 방만하고, 실로 무심한 사람들이 많습니다. 매달 무수히 창작되고 발표되는 동화와 동요가 저마다의 교양과 인도적 관점에서 어떠한 교양적 요소를 가지고 창작되었는지를 생각할 때, 우리들은 단지 통한스러울 때가 많았습니다. 아이의 학부모도 이들 동화와 동요에 대해 얼마만큼 선택의 주의를 기울이고 있는지를 생각하면 한층 불안함을 느낍니다.

이와 같은 의미에서 동화 전반에 걸친 제 경험을 피력하자면 이야기가 매우 길어질 것입니다. 그래서 처음 말씀드린 것처럼 창작된 동화를 우리들의 가장 친근한 아이들에게 어떻게 이야기할 것인가 하는 조건을 저 자신의 체험으로 말씀드리고자 합니다.

우선 우리들에게 가장 가까운 곳인 조선 각지의 상황을 보면 좋은 동화가가 조선에는 거의 존재하지 않다고 해도 무방할 정도로 매우 슬픈 상황입니다. 이미 모두 아시겠지만 경성을 시작으로 하여 조선 전체에는 상당히 많은 어린이 단체가 있고 꽤 많은 초등학교, 유치원 등이 있지만, 이들 학교, 혹은 아동단체에서 아이를 위한 동화가 갖는 사명을 제대로 가르치고 있는 사람은 실로 적습니다. 제가 지금까지 알고 있는 범위에서는 모두 동화 구연자로서의 조건을 갖추고 있지 않다고 봅니다.

물론 어린이 모임을 리드하는 사람들은 상당히 아이들을 좋아한다고 보지만, 그것뿐이지 이야기 모임 등을 주최하는 사람 중에는 아이를 너무 응석받이로 다루고 너무 비위를 맞추는 경향이 없지 않습니다. 아이들이 즐겁게, 시끄럽게 깔깔거리면서 손뼉을 치며 기뻐해주면 그만이다. 아이가 들어주는 것이다. 노골적으로 말하면 아이의 비위를 맞춰서 나는 아이를 매우 좋아한다고 뽐내는 사람이 가끔 있습니다. 아이 쪽에서는 변변치 못한 이야기꾼이나 야담가의 이야기를 듣는 것과 완전히 똑같은 마음으로 듣는 경우가 있습니다. 때로는 이야기 모임에서나 사방팔방에서 아이들이 모일 경우, 규율 없는 행동과 예의범절, 공덕에 어긋나는 짓을 하는 아이가 있어도 즐겁게 해줘서 돌려보내기만 하면 된다고 생각하는 주최자가 대부분입니다. 그래서 학교 측에서는 모처럼 학교에서 가르친 규율과 훈련이 엉망이 되어버릴 우려가 있고 학교와 민간 어린이 단체와의 엇박자가 나는 경우가 있습니다. 마찬가지로 아동을 위한 사업으로서 학교와 다른 어린이 모임 등이 활동하면 적이 되거나 아군이 되는 일이 훨씬 이전에 있었습니다. 이런 말씀을 드리는 것도 학교에서 배운 훈련을 실사회에 적용하기 전에, 감독이 있고 위엄이 있는 이야기 모임 등, 여러 학교 생도가 모이는 곳에서 실지로 적용시킬 수 있다면 이야기 그 자체에 의해 학교의 수업을 간접적으로 받는 것일 뿐 아니라, 학교에서의 훈련 연습소로서도 더없이 좋은 것이라고 생각합니다.

요컨대 이것은 이야기를 하는 사람, 이야기를 담당하는 사람의 권위의식과 위엄을 지니고 이야기를 하는 사람은 아이를 좋아해야 하지만 자신이 아이를 이끌어 가야 할 지위에 있는 것, 청중보다 한 단계 높은 지위에 있다는 자각은 단단히 가지고 있어야 한다는 말입니다. 결코 아이의 비위를 맞추거나 하지마라. 아이 앞에 자기 머리를 내밀어서 때리게 하는 아이 좋아하는 사람이 아니라, 아이의 머리를 쓰다듬어 주는 아이 좋아하는 사람이 아니면 안 된다고 생각합니다.

이와 같은 견해를 가지고 저는 지금까지 6년 반 동안 봄과 가을 2회 정례적으로 조선을 순회하며 아동을 위한 구연을 하고 있습니다만, 항상 어떻게 해야 좋은 동화를 아이들을 위해 잘 들려줄지, 그리고 그 아이들을 위해 그 동화를 어떻게 잘 알아들을 수 있게 할지를 생각할 때, 동화가 갖는 사명보다도 동화구연자의 입장에서 항상 많은 번민과 고심을 합니다. 그것은 제 자신의 음성과 태도, 발음과 제스처가 어떻게 세련되게 나오고 있는지를 생각할 때 항상 스스로 부족하다고 여기는 점입니다. 게다가 동화가라 칭하는 사람들을 보면 열 명 중 일곱 여덟 명은 자기 성량에 대해 아무 책임도 지지 않습니다. 자신의 태도도 아이 앞에서는 잊어버리고 있는 것입니다. 발음에 대해서도 전혀 책임을 지지 않고 제스처 같은 것도 거의 때와 경우에 따라서 그때그때 해버리는 동화가의 수가 상당히 늘어나고 있습니다. 이러한 것들은 동화의 사명이나, 혹은 동화의 교육적 가치를 논하기 전에 우리들이 가장 신중히 연구하지 않으면 안 될 문제입니다. 이 점에 관해서 우선 최근에 있었던 저의 동화구연 전후의 모습을 말씀드리고자 합니다.

저는 어린이 단체에서 동화구연을 의뢰받으면 항상 이렇게 합니다. 우선 그날 남자어린이 상대인지 여자어린이 상대인지, 숫자는 몇 명 정도인지, 또 모이는 아이들의 연령은 평균 어느 정도인지를 물어봅니다. 남자 어린이이고 심상학교 3학년에서 6학년 800명이라는 것을 주최자가 알려주면 저는 이 800명의 어린이에게 해야 할 가장 좋은 동화를 선택해야 합니다.

그 약속으로 제가 완전하게 아이들에게 해주어야 할 하나의 동화를 발견했을 경우, 저는 그 동화에 대해서 구연자로서 발표할 수 있는 최상의 수단으로 연습을 합니다. 그 점에서 가장 고심을 거듭하는 것은 이야기를 할 때 들려주고 보여주는 것의 제스처와 그것을 어떻게 기품 있게 아이들에게 전할까 하는 것입니다.

그리고 자신이 생기면 적어도 그 전날에는 욕조에 들어가 신체를 청결히 합니다. 이것은 구연자로서 자신이 청결하다고 안심하기 위한 습관입니다. 이리하여 당일 구연장에서는 먼저 자신의 복장에 관하여 상당한 주의를 기울입니다. 구두, 바지, 넥타이, 칼라, 상의의 먼지가 있는 것은 모두 없애고 다림질해야 할 것은 모두 다리고 해서 적어도 하등의 실수 없이 몸단장을 합니다. 구레나룻은 물론이고 면도칼을 갖다 대어 깨끗이 깎고 손수건을 두 장 준비하고, 때에 따라서는 향수, 거울, 빗 등을 준비하고 대회장으로 출발합니다.

대회장에 들어서서는 재빨리 주최자에게 자신이 온 것을 알리고, 구연에 앞서 마지막으로 해줄 이야기를 정리합니다. 사회자가 정시에 대회장으로 안내했을 경우, 입구에 한 발짝을 디딘 순간 이미 저는 제 자신을 완전히 잊고 800명의 아이들 중 하나라는 기분이 됩니다. 전사가 전장에 있는 경우와 마찬가지 태도로 끝까지 목숨을 버릴 각오로서 연단에 계속 섰던 것이 현재 저의 경험입니다.

이렇게 하여 아이들을 위한 구연을 마치고 연단을 내려왔을 때, 전 대부분의 경우 입고 있는 셔츠가 모두 땀으로 축축이 적셔집니다. 다시 말하자면, 어느새 이야기를 하는 저 자신의 의식을 버리고 그 이야기 속 인물이 되거나, 동물이 되거나 자연이 된 것을 느낍니다.

그러나 많은 동화가는 단지 아이들을 위해 이야기하는 것이 자기 보람이고, 아이들을 위해 아이들을 알려고 하는 것에는 하등의 고려도 기울이고 있지 않는 경우를 자주 봅니다. 예를 들면 학교의 훈도 여러 분을 보더라도 그 교실에서 아이들에게 규율 바르게 해라, 자기 일은 스스로 해라, 청결하게 해라 등, 훈화를 하면서도 막상 그 훈도는 마구 구레나룻을 기르고 양복바지는 언제 다림질했는지도 모르고, 넥타이는 비뚤게 매져 있고 칼라는 먼지투성이로 있습니다. 그러한 사람이 동화를 구연한다고 하면, 동화 그 자체가 갖는 사명이 아닌, 훈화 그 자체의 사명이 아닌, 오히려 나쁜 결과를 불러온다는 걸 두려워해야 합니다.

동화 구연자의 조건으로 그 초보에 있어서 생각하고 연구해야 할 것은 이 점이라는 것을 저는 깊이 믿어 의심치 않습니다. 더욱이 장래 아이들을 위해 일할 사람들이 아이들을 위한 이야기꾼으로의 양심을 이러한 것으로 결정하는 것은 무엇보다도 우선 필요한 것이지 않을까 싶습니다.

동화

보은의 박

이와사 시게카즈岩佐重一
삽화 도오다 가즈오遠田運雄[14]

1. 악인과 선인

이것은 벌써 수백 년 전의 아주 옛날이야기입니다. 조선의 경상남도라고 말할 것 같으면 조선에서는 동남쪽 가장 끝자락으로 일본에 가까운 곳입니다. 그 경상남도와 전라남도의 경계를 짓는 깊은 산속 외진 마을에 두 형제가 살고 있었습니다. 형 이름은 놀부라 하고, 동생 이름은 흥부라 했습니다.

두 사람은 물론 틀림없는 형제이지만, 성격이나 용모가 닮은 구석 한 군데 없이 달랐습니다. 형 놀부는 튼튼한 골격에 피부는 검고 무섭고 큰 얼굴에는 두리번거리는 심술궂은 눈과 비열해 보

14) 도오다 가즈오(1891~1955) : 일본의 서양화가.

이는 큰 코와 얇은 입술이 경박해 보이는 입모양을 하고 있었습니다. 게다가 징그러울 정도로 털에 뒤덮인 다부진 얼굴은 나무가 울창한 산길에서 만났으면 강도라 여길 만한 인상이었습니다.

형과는 다르게 동생 놀부는 피부가 하얗고 마른 체형의 부드러운 남자였습니다. 눈가에는 자비와 온화한 빛이 감돌고, 유화함 그 자체를 상징하는 것처럼 눈썹은 상냥하고 부드럽습니다. 입가에는 끊임없는 애교를 머금고 있어서 사람의 마음을 끌어당겼습니다. 마을사람은 이들 형제를 비교하며 같은 형제인데 이다지도 모습이 다를까 의아해하였습니다. '악귀와 부처'라는 말은 늘 이들 형제의 차이를 표현하는 말로 사용되었습니다.

'악귀와 부처' 그것은 정말 이 두 형제의 성격을 구별하는 말입니다. 형은 그 용모가 보여주는 대로 잔인하고 무자비하며 탐욕스럽고 인색합니다. 부모로부터 물려받은 많은 재산은 티끌 하나마저도 모두 자신이 차지하고 동생 놀부에게는 전혀 나누어 주지 않았습니다. 마을의 가난한 사람들에게 돈을 빌려주고 터무니없는 이자를 탐했고 만약 이자를 약속한 날에 갚지 못하면 아무리 가난하더라도 그 사람이 가진 집과 대지, 밭과 논을 가차 없이 빼앗아버립니다. 또 빌린 사람이 아파 누워 있어도 아랑곳하지 않고 단 하나 뿐인 이불도 벗겨 가지고 옵니다. 그의 안중에는 사리사욕 외엔 아무것도 없습니다. 하루하루 부리는 많은 사람들도 마치 소나 말과 같이 사정없이 부려먹습니다. 일하지 않

는다고 매로 때리거나 밥을 주지 않거나 하는 일이 얼마나 있는
지 모릅니다. 하지만 마을사람들은 놀부가 마을에서 가장 부자이
기에 만약 그의 심기를 거스르기라도 한다면 그야말로 무슨 일을
당할지 몰라 두려워서 거역하지 못하고 마치 역귀를 보듯 건드리
지 않는 것이 최고라며 굽실거리는 것입니다. 놀부 집을 도망쳐
나오기라도 하면 찾아내어 전보다 더 잔혹하게 부려먹기에 하인
들도 더 이상 놀부 앞에서는 숨도 내지 못했고, 두렵고 차오르는
원망과 분노를 지니고 있었지만 그저 소나 말처럼 순순히 일하는
수밖에 없었습니다.

　피도 눈물도 없는 놀부와는 달리 흥부는 부처님 같은 호인이
었습니다. 그는 자비심이 많고 동정심이 깊으며 불쌍한 자와 가
난한 자에게는 자기 몸의 가죽을 벗겨서라도 도와주지 않으면 안
되는 사람이었습니다. 원래 형한테는 아무것도 나누어 받지 못했
지만 그것을 추호도 불평하지 않았고, 부모 재산은 당연히 뒤를
상속하는 형 소유라고 믿고 있었습니다. 형이 도리에 어긋나는
무리한 짓을 하거나 세상 사람들이 악마라 비난하여도 아랑곳 하
지 않았습니다. 마음속으로는 많은 재산을 모아 마을의 최고 부
자가 된 것을 너무나 부끄러운 일이라 여겼지만, 그렇다고 형에
게 충고하여 올바른 길로 가게 하는 것은 도저히 안 되는 일임을
알고 있었습니다. 흥부는 '이렇게 된 바에야 자신만이라도 세상
을 위하고, 남을 위하는 일을 행하여 조금이라도 형의 죄를 덜

자'고 기특하게도 생각하여 열심히 자선을 행하고 선행을 쌓았습니다.

하지만 하늘은 어찌 된 일인지 이러한 자에게는 좀처럼 행복을 주지 않습니다. 흥부 집은 매우 가난하여 세상에서 흔히 말하는 '가난하기 짝이 없다'고 하는 형편이었습니다. 어떤 날은 그날 먹을 양식조차 없습니다. 형제이지만 흥부는 형 놀부의 논을 빌려 경작해서 겨우 그날그날을 보내는 '소작농'이었습니다. 매정한 형은 동생이어도 소작료를 면제해 준 적이 없습니다. 더구나 이 가난한 동생이 없는 가운데도 얼마 안 되는 돈과 물건을 내어 불쌍한 사람들을 돕는 걸 보고서는 경멸적인 냉소를 퍼부었습니다.

"가난한 주제에 건방지기는, 그런 쓸데없는 짓 그만하고 소작료나 내놓아라."

이런 잔혹한 험담을 흥부는 여러 번 형한테서 들었습니다. 하지만 그럴 적마다 흥부는 마음으로 생각했습니다.

'형은 불쌍한 사람이야. 먹을 것 입을 것 부족함이 없지만 세상 사람으로부터 악귀라는 소리를 듣고 있어. 그것은 보람 없는 삶이지. 내 몸은 비록 가난하지만 마음만은 말할 수 없이 만족스러워. 세상 사람들에게 사랑받고 있고, 그것이 진정한 행복이야.'

흥부는 올바른 길을 가는 것, 세상을 위한 일을 하는 것이 무엇보다도 감사한 행복이라 믿어 의심하지 않았습니다.

2. 제비 둥지

어느 해 봄이었습니다. 긴 겨울의 수면에서 깬 수양버들도 부드러운 녹색 잎에 둘러싸여 상쾌한 산들바람에 나부끼는 계절이었습니다. 어디서 왔는지 아름다운 날개 빛깔을 한 제비 한 마리가 이 마을에 날아들었습니다. 제비가 마을로 와서 사람들의 집 처마 끝에 둥지를 트는 일은 마을사람들에게 결코 신기한 일이 아닙니다. 그러나 이 제비는 모습과 날개 빛깔, 우는 소리가 세상에서 보기 드문 아름다운 제비였습니다. 사람들은 이 제비가 필시 복 제비로 틀림없이 신께서 정직한 사람들과 자비심 많은 사람들에게, 또 마음이 올바른 사람들에게 복을 주기 위해 보내신 거라고 떠들어댔습니다.

그런 까닭으로 마을사람들은 이 아름다운 제비가 누구의 집 처마에 둥지를 틀까 큰 흥미를 갖고 지켜보았습니다. 모두들 마음속으로 제발 우리 집에 둥지를 틀면 좋겠다고 바랐지만 다들 이 제비가 갈 곳은 필시 흥부 집이라며, 그곳밖에 없을 거라고 생각했습니다.

상쾌한 산들바람을 타고서 맑은 하늘에 휙휙 날고 있던 그 제비는 마을사람들 기대를 저버리며 놀부 집 기와지붕 위에 날개를 접고 앉았습니다. 그 집은 물론 마을 최고의 훌륭한 집으로 높은 지붕은 하늘에 닿을 정도였습니다. 용마루가 네다섯으로 이어지고 파란 기와가 숲의 나뭇잎 사이로 보이는 마치 왕의 궁전과 같습니다.

"그렇지, 복 제비는 우리 집에 둥지를 트는 거지. 새가 영리하군. 아무려면 그 초라한 흥부 놈 집으로 가겠어."

놀부는 그 아름다운 제비가 자기 기와지붕 위에 앉아있는 걸 보고서는 갑자기 거만하게 콧대를 세웠습니다. 마을사람들은 예상이 빗나갔다며 다들 눈을 깜박이며 놀랐습니다.

"못마땅한 제비로세. 저런 악마 같은 놈의 집에다 둥지를 틀다니, 복 제비일 리가 있겠어. 나쁜 제비로세."

이리 서로 욕을 해댔습니다.

제비는 전혀 아랑곳 하지 않습니다. 마치 옥좌에 앉은 왕처럼 아름답고 부드러운 가슴 털을 열고서 목청 찢어지듯 소리 내어 지저귑니다. 그 소리가 마치 금방울을 흔들듯이 뭐라 말할 수 없이 아름답게 울려 퍼지며 마을사람들 귀에 전해지자, 그들은 마치 단 술에 취한 것 마냥 황홀하게 넋을 잃고 듣습니다. 이윽고 제비는 봄노래 한 곡을 다 부르더니 이번에는 휙 하고 몸을 돌려서 낮고 더러운 건너편 흥부 집 지붕위에 멈춰 앉고선 한층 더 아름다운 목소리로 지저귀었습니다.

"아, 역시 복 제비였네. 보게들, 흥부 집으로 가지 않았는가. 그건 그렇고 신은 심술쟁이였군 그려. 처음에는 놀부를 기쁘게 하더니만 이번엔 실망하게 하다니, 우리들도 완전히 속았잖은가 그려. 하하하하."

마을사람들은 화난 눈썹을 다시 펴면서 이렇게 말하고 웃었습니다. 제비는 그리고 곧바로 흥부 집 처마 밑에 둥지를 틀기 시작했습니다. 작은 볏짚 부스러기, 잔가지, 흙덩이 등이 제비 주둥이에 물려져 여러 번이나 옮겨졌습니다. 그리고 그 재료가 이 어린 제비의 숙련된 기술로 예쁘고 사랑스러운 둥지가 되기까지 끊임없이 노력하며 여러 날이 걸렸습니다.

"축하하네. 신께서 자네에게 복을 가져다주신 것이 틀림없어. 자네가 착하니까 이리된 건 당연하지. 하지만 부럽네. 정성껏 제비를 보살피게나."

흥부는 만나는 사람마다 이러한 소리를 들었습니다. 하지만 흥부는 그 말을 별로 기쁘게 여기지 않았습니다.

'나는 하루를 버티며 사는 가난뱅이지만 불행하다 생각한 적이 결코 없어. 내 마음은 전혀 괴롭지가 않아. 나는 사람의 도리와 신의 가르침에 어긋날 생각은 없어. 내 마음은 언제나 밝고 즐거우며, 만족스럽지. 이것이 행복이지 무엇이 행복이겠는가. 제비가 내 집에 둥지를 틀든 말든 그것은 제비 마음이고, 난 그런 건 생각하지 않아. 하지만 제비를 잘 돌보지 않으면 안 되겠지. 왜냐면 작은 동물을 돌보는 것이 사람의 도리이고, 신의 가르침이기 때문이니. 자기 이익이나 행복을 위해서 저 제비를 돌보는 것이 아니야.'

흥부는 마음속으로 이렇게 생각하였습니다. 본디 흥부는 작은 동물을 사랑하고 보살펴 주기에 이 제비 또한 사랑한 거였습니다. 그리고 제비가 자신의 둥지에서 알을 부화하는 동안 여러 가지로 보살피며 먹이든 물이든 둥지로 가져다주었고, 쥐와 뱀의 불시의 습격을 막아줄 준비를 하는 등 제비를 보호해 주었습니다.

곧이어 알이 부화해 사랑스럽고 예쁜 새끼제비 다섯 마리가 태어났습니다. 마을사람은 제비가 옛날이야기에 나오듯 황금알을 낳을지도 모른다 생각하고 기대했는데, 역시 보통 알이었고 그것이 부화하여 보통의 세끼제비인 것을 보고는 큰 의미를 부여하고 있었던 만큼 크게 실망했습니다.

"뭐야, 그냥 보통 새끼제비잖아. 그럼 복 제비인지 뭔지도 아니네."

마을 사람들은 이렇게 말들 하면서 더 이상 이 새끼제비에 관해 생각하지 않게 되었습니다. 그렇지만 흥부는 처음부터 행복이든, 보물이든 하는 것은 생각지도 않았기에 이 어미와 새끼제비가 매우 사랑스러웠습니다. 틈만 나면 둥지로 가서 친절히 보살펴 주었기에 나중에는 어미제비 새끼제비 모두 흥부를 따르고 그의 손바닥에 올라타거나 손끝에 있는 먹이를 쪼아 먹었습니다.

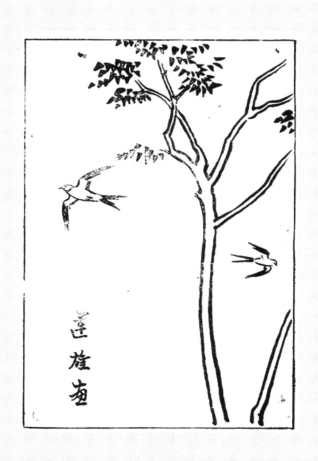

3. 대적이 나타나다

어느 날 밤 흥부는 낮 동안의 심한 노동으로 피곤해 시간가는 줄도 모르고 자고 있었습니다. 둥지 안의 어미제비도 따스한 날개 속에 사랑스런 다섯 어린새끼를 품고서 새근새근 자고 있었습니다. 봄밤은 차차 깊어져가고 하늘에는 몽롱한 으스름달이 세상을 따뜻이 감싸고 있었습니다.

이때 어디서 왔는지 30센티미터 가량의 큰 뱀이 처마를 타고 스르르 나타났습니다. 매끈매끈한 몸을 마음대로 굽혔다 폈다하며 매우 조심스럽게 조용히 기어간 곳은 분명 제비둥지였습니다. 소리 없이 다가와 접근해온 뱀을 자고 있는 어미 제비가 어찌 알겠습니까. 제비는 지금 평화로운 꿈속에서 놀고 있는 게 분명합니다. 뱀은 점점 다가오고 있는데 말입니다. 어둠 속에서 빛나는 두 눈, 화염처럼 보이는 붉은 혀, 그것은 제비의 생명을 단축시키려 시시각각 다가오고 있는 겁니다. 그런데 어미제비도 새끼제비도 아직 깨지 않습니다. 점점 다가온 뱀은 작은 둥지를 자신의 몸으로 두 번 정도 에워쌌습니다.

뱀이 말합니다.

"가엾은 제비, 아무것도 모르고 자고 있군. 너희들 목숨은 이제 내 것이다. 버둥대지 말고 항복하는 게 좋을 거야."

그러고선 그 영명한 낫처럼 굽은 목을 어미제비의 날개 있는 곳으로 슬슬 갖다 대었습니다.

바로 그때였습니다. 악마의 불의의 습격에 놀란 어미제비는 자신도 모르게 놀라 절규하고 동시에 날카로운 주둥이를 날리며 뱀에게 돌진했습니다. 밤이라 어두웠습니다. 불행하게도 제비는 눈이 보이지 않습니다. 하지만 새끼를 사랑하는 어머니의 일념은 강한 용기가 되어 마치 포탄과도 같이 제 몸을 날려 뱀의 머리에 던집니다. 불시에 공격을 당한 뱀은 피할 틈도 없이 제비의 날카로운 주둥이에 정수리를 깊게 찔렸습니다.

얼마나 아픈 전투였을까요. 급소의 아픔에 정신이 나가버린 뱀은 괴로워하며 커다란 몸을 파도치며 뒹굴었습니다. 작은 제비는 주둥이와 날개에 필사의 힘을 담아 강한 날갯짓으로 공격을 퍼부었습니다. 제비둥지는 괴로워 발버둥치는 뱀의 꼬리에 박살이 났고 형편없이 날아 흩어졌고, 다섯 새끼제비는 무참하게도 높은 처마에서 땅으로 곤두박질했습니다. 그 사이 뱀도 점차 힘을 잃었고, 어미제비도 뱀의 독기에 강하게 저항하느라 기진맥진 지쳤습니다. 뱀과 어미제비가 땅으로 툭하고 떨어졌을 때에는 이미 양쪽 다 죽어 있었습니다.

요란한 소리에 놀라 잠을 깬 흥부가 등불을 한 손에 들고 처마 밑으로 왔을 때는 이미 늦어 버렸습니다. 흥부는 새끼를 구하려 몸을 날리며 뱀을 찔러 죽인 어미제비의 죽음에 깊은 동정의 눈물을 흘렸습니다. 흥부는 제비조차 자기새끼를 사랑하는 어미의 정이 이다지도 깊은 것인가 하고 새삼 부모의 깊은 은혜를 생각합니다. 그리고 이 고귀한 어미제비를 정중히 고운 무명으로 감싸고, 운 나쁘게 처마에서 떨어져 목숨을 잃은 네 마리의 새끼와 함께 따뜻하게 묻어주었습니다.

새끼 중 한 마리는 희한하게 목숨을 구했습니다. 어미를 잃고 형제와 이별한 외로운 이 새끼는 다리가 부러져 걸을 수가 없었습니다. 작은 날개를 퍼덕이며 번번이 울어대는 게 어미가 그리운 것이겠지요. 흥부는 이 가엾은 새끼를 소중히 바구니 안에 넣고 약을 발라주며 마치 자기 자식 키우듯 매일 물을 주고 먹이를 주어가며 키웠습니다.

이 이야기가 마을사람의 귀에 들어가자 그들은 또 말합니다.

"흥부는 불쌍하고 어지간히 운이 없는 자일세. 모처럼의 복 제비도 쓸모없게 되지 않았는가."

그러나 흥부는 제비가 없어진 것이 슬픈 게 아니라 제비가 이러한 불행을 당한 게 슬픈 겁니다. 그는 행운을 바라고서 제비를 키운 게 아닙니다. 사랑스런 제비를 돌보는 것만으로 행복했던 것입니다.

다리가 부러진 제비는 차츰 회복되었습니다. 여름이 지나고 초가을이 되어 다리의 상처도 모두 낫고 날개도 튼튼해졌으며 몸도 커져 아름답고 멋진 제비가 되었습니다. 이젠 제비도 남쪽으로 돌아가야 합니다. 어느 날 흥부는 바구니에서 제비를 꺼내며 말했습니다.

"자 고향으로 돌아가거라. 그리고 다음에 올 때에는 우리 집 같은 가난한 집 처마에 둥지를 틀지 마렴."

그러고선 하늘 높이 날려 보냈습니다 제비는 힘차게 날아올라 즐거운 듯 노래를 부르고 두세 번 흥부 집 처마를 돌더니 이별을 아쉬워하면서 저 멀리 남쪽으로 날아갔습니다.

4. 보은의 박

복 제비 소문은 그 후엔 이 마을에서 사라져버렸습니다. 그것은 가을 수확의 시기가 되어 마을사람들이 바빠졌기 때문에 꿈같던 이야기를 마음에 둘 여유가 없었기 때문이겠지요. 그리고 추운 겨울이 되고 사람들이 화롯가에 모여 이야기에 흥겨울 시절이 되었지만 어느 누구도 이 이야기를 떠올리는 사람은 없었습니다.

제비는 잊혔고 다시 이듬 해 봄이 왔습니다. 꽃이 피고 버드나무에 잎이 돋아났으며 춘풍이 불고 하늘이 쾌청해지자, 제비는 약속한 대로 다시 찾아왔습니다. 그런데 마을사람 어느 누구도 작년의 복 제비를 떠올리지 않았습니다. 사람들의 집 처마에 둥지를 틀어 새끼를 키우는 걸 보면서도 작년 그 으스름달밤에 흥부의 집 처마 끝에서 일어난 작지만 그래도 참혹했던 사건을 떠올린 사람이 단 한사람도 없었던 것입니다.

흥부의 집에도 또다시 한 마리 제비가 찾아와 바쁘게 둥지를 틀고 있었습니다. 흥부는 그 둥지를 보자 작년에 일어난 일을 떠올리지 않을 수 없었습니다. 그는 이번에는 아주 조심해서 제비에게 가엾은 일을 당하지 않게 해야겠다고 다짐했습니다. 그리고 모든 것을 불쌍하고 자비로운 마음으로 친절을 다해 제비를 보살펴주었습니다.

드디어 둥지가 완성되자, 제비는 어딘가에서 박 씨 하나를 물고 와 흥부 집 마당에 떨어뜨리고는 처마 끝 둥지 쪽에 서서 아름다운 소리로 지저귀었습니다. 옥구슬 같은 그 소리는 환희와 감사로 가득 넘치며 울려 퍼졌습니다. 흥부는 아무렇지 않게 그 박 씨를 주워보니 그것은 눈처럼 하얗고 반질반질한 상아와도 같은 예쁜 박 씨입니다. 게다가 이상하게 그 박 씨의 가운데에 금으로 작게 '보은의 박'이라는 글씨가 적혀 있는 겁니다.

흥부는 비로소 작년의 제비 사건이 떠올랐습니다.

'그럼 이 제비는 작년에 어미를 잃고 다리가 부러져 간신히 목숨을 구했던 그 제비란 말인가, 제비조차도 은혜를 갚기 위해 이 박 씨를 내게 준 거란 말인가. 아 감격스런 일이로세. 그럼 이것을 심어 박으로 키워보자.'

이렇게 생각한 흥부는 박 씨를 작은 마당 한구석에 조심히 심었습니다. 제비는 그 모습을 보고 만족스러워하면서 둥지 안으로 들어갔습니다.

날이 지나 박 씨는 싹을 냈습니다. 그것은 여느 박과 다르지 않았습니다. 설령 흥부는 박이 여느 박과 같더라도 제비 선물이라는 것에 더할 나위 없는 기쁨을 느꼈습니다.

박은 흥부의 정성으로 쑥쑥 줄기가 커지고 덩굴도 무성해졌으며 잎도 크게 자랐습니다. 이어서 꽃이 피어 예쁜 모양의 작은 박 네 개가 생겼습니다. 흥부는 그 박을 키우는 재미에 조석으로 잘 돌봐주었습니다. 그런데 어쩐 일인지 이 네 개의 박은 여느 박처럼 커지지 않았습니다. 큰 고무공 만해지더니 더 이상 커지지 않고, 색깔이 아주 아름답고 표면이 푸른빛을 띤 납석 마냥 매끈하고 단단히 익어갔습니다.

드디어 박이 익어 열매를 맺게 된 초가을이 되자, 제비는 슬슬 남쪽 나라로 돌아갈 채비를 하였습니다. 어느 날 흥부가 무심히 덩굴에서 박 하나를 따 손바닥에 얹어 보고 있었는데, 둥지 안의 제비가 평소보다 한층 아름답게 지저귑니다. 그것이 흥부의 귀에는 이렇게 들렸습니다.

'그것을 갈라 보세요. 박 안에서 정말 좋은 것이 나올 겁니다.'

호기심에 흥부는 그 박을 갈라보았습니다. 칼로 쩍 갈랐더니 놀랍게도 안에서 몽롱한 하얀 연기가 피어나왔습니다. 흥부 집은 갑자기 이 연기에 휩싸였고, 박 안은 눈이 부실 정도로 오색 빛깔이 빛나고 있었습니다. 그리고 방에서는 형용할 수 없이 좋은 향기가 풍겼고, 흥부는 마치 꿈나라에 온 것 마냥 황홀해져 자신도 모르게 앉아 있었습니다.

이윽고 연기가 흩어지고 빛도 엷어졌습니다. 정신이 돌아온 흥부가 눈을 떠보니 거기에 한 아름답고 귀여운 동자가 그림에나 나오는 중국 아이 같이 예쁜 모습을 하고 손에 황금 접시를 들고 서 있었습니다. 둥글게 살이 쪄 귀엽게 생긴 하얀 얼굴에 흑수정 같이 신선하고 아름다운 눈동자를 빛내며 손에 작은 황금접시를 들고 서 있었던 것입니다. 그 접시에는 좋은 향이 나는 환약이 놓여 있었습니다.

"당신은 누구십니까?"

흥부는 너무도 희한해서 동자에게 이렇게 물었습니다.

"저는 남쪽 나라 제비 왕의 사자입니다. 당신이 저 제비를 살려주었습니다. 왕은 그것을 무척 기뻐하시고 당신에게 이 선단仙丹과 그 밖에 여러 가지 선물을 드리도록 제게 분부하셨습니다. 이 선단은 불로 약으로 먹으면 평생 늙지 않습니다. 자 이것을 드십시오."

동자는 황금접시에 담긴 선단을 흥부에게 바쳤습니다.

"아닙니다. 저는 왕에게 이런 것을 받을 이유가 없습니다. 저는 이런 것을 받기위해 제비를 구해준 게 아닙니다. 저 가엾은 제비를 구하여 건강하고 아름다운 원래 모습으로 돌아온 것만으로 저는 충분히 보상받은 겁니다."

흥부는 그렇게 말하고 동자가 권하는 선단에 손도 대지 않았습니다.

"그렇습니다. 보상을 바라고 하는 선행은 결코 선행이 아닙니다. 당신은 정말 맑고 순수한 마음을 갖고 계십니다. 그 맑고 따스한 마음에서 나온 친절이 저 제비와 왕을 감동시킨 것입니다. 물론 선행은 보상을 바라고 해서는 안 되지만, 좋은 보상은 언제나 좋은 선행에 대한 신께서 주시는 것입니다. 사양하지 마시고 이 선단을 드십시오."

흥부는 동자가 친절히 여러 번을 권하였기에 마지못해 선단 두 알을 집어 삼켰습니다.

얼마나 좋은 약인지 삼키자마자 흥부의 가슴과 마음이 정말 후련해졌습니다. 그리고 단숨에 목숨이 백 년은 늘어난 듯 말할 수 없이 기분이 좋았습니다.

"당신은 이제 어떠한 병에도 걸리지 않습니다. 평생 늙지 않을 겁니다. 언제나 봄 같은 즐거운 기분으로 건강한 몸을 지닐 것입니다. 그리고 왕께서 주신 선물은 모두 나머지 박안에 들어 있습니다. 저것을 하나씩 갈라 보세요. 아마도 아름다운 보물이 나올 겁니다."

동자는 흥부를 향해 공손하게 인사를 하고 아름다운 눈가에 미소를 짓더니 순식간에 사라졌습니다. 흥부는 꿈인가 의심했습니다. 그러나 분명 꿈은 아니었습니다. 방금 동자가 가지고 있던

황금접시가 아름답게 윤기 나는 색채를 지닌 채 지금 자신의 눈앞에 있는 것이 아닙니까. 과연 신이 내게 명운과 행복을 내려주신 것인가. 왜 내가 신께 이 은혜를 받아야 하는가. 난 단지 인간으로서 할 일을 했을 뿐인데 그것이 어째서 복을 받을만한 가치가 있는 것인지, 흥부는 오히려 신기하게 생각했습니다.

여하튼 동자가 말한 대로 나머지 박을 가를 생각이 든 건 한참이 지난 뒤였습니다.

흥부가 두 번째 박을 따서 반으로 갈랐더니 그 안에는 집에서 필요한 도구인 소쿠리, 큰 궤, 의자, 책상 등 온갖 세간들이 무엇 하나 부족함이 없을 정도로 가득 들어 있었습니다. 이런 작은 박 안에 어찌 이리 많은 도구가 들어 있는지, 흥부는 도저히 이해할 수가 없었습니다.

"세 번째 박에서는 무엇이 나올까."

이번에도 흥부는 욕심을 내지 않았지만, 일종의 호기심이 생겨서 이런 생각을 하였습니다. 그래서 다시 세 번째 박을 갈랐습니다. 그랬더니 그 안에서 많은 쌀가마니가 쏟아져 나왔습니다. 몇백 몇 천 가마니인지 셀 수 없을 정도였습니다. 그것이 모두 자연스레 마당 한구석에 산처럼 높이 쌓였습니다.

"이번에는 이렇게 많은 쌀이 나왔네. 신기하구나. 얼마나 나올지 모르겠군."

흥부는 놀랍고도 기뻐서 어리둥절했습니다. 자 이렇게 되자, 넷째 박도 타보고 싶어졌습니다. 흥부가 재빨리 네 번째 박을 가르자, 이번에는 수많은 목재와 기와, 돌, 철물 등 건축 재료가 쏟아져 나옵니다. 모두 다 나오고 나니, 이번에는 셀 수 없는 많은 사람들이 나와서 흥부를 위한 멋진 궁궐 같은 집을 지어주었습니다. 그리고 광 안에 쌀을 채워 넣고 집 안에 여러 물건을 배치하고 난 후 이렇게 말합니다. "자 이 집에서 안락하게 사십시오."

그리고 다 함께 모여 흥부에게 인사하고 그대로 연기처럼 사라졌습니다.

어제 만해도 가난 속에 살던 흥부는 이제부터 마을의 제일 큰 부자가 되었습니다. 이 모습에 놀란 것은 마을사람입니다.

"역시 착한 사람에게는 좋은 복이 오는군. 흥부 집을 보게. 복 제비가 오늘 비로소 은혜를 갚았네. 저거야말로 진정한 신의 선물일세 그려."

이렇게 모두가 흥부의 행복을 축복했습니다.

5. 보복의 박

흥부의 출세를 기뻐하지 않는 자가 마을 안에 단 한사람 있었습니다. 그것은 피를 나눈 형 놀부입니다. 그는 욕심도 많지만 명예심도 남달리 강했습니다. 악마라는 욕을 먹어가며 욕심과 도리가 아닌 수단으로 마을사람의 고혈을 짜 모은 재산이 흥부가 자선을 행해 신께 받은 재산의 십분의 일에도 미치지 못함을 알고 이를 갈며 분해했던 것입니다. 지금껏 우거진 삼림 속에서 하늘에 닿을 듯 크고 훌륭한 지붕이 낮고 더러운 마을사람 집을 내리누르듯 했는데, 그 저택을 흥부의 새 저택과 비교하니 보잘것없는 오두막집으로 밖에 보이지 않았기에, 놀부는 견딜 수 없는 증오와 시샘을 선량한 흥부에게 부렸던 것입니다.

"제기랄!! 정말 부아가 나는 건 흥부 놈이야. 동생인 주제에 저리 으스대는 꼴이라니. 버릇없기 짝이 없군, 형을 뭐로 생각하고 있는 게야. 형인데 말이야. 형인 내게 재산의 반 정도는 가지고 와야 하는 게 아닌가."

자신은 동생에게 아무것도 주지 않은 건 제쳐놓고 이렇게 멋대로 말하며 동생에게 욕을 해댑니다.

"하지만 잠깐. 그 놈은 제비 다리를 고쳐주고 그 대가로 저만치 재산을 받았어. 그래 제비 다리 고쳐주는 것쯤 누군들 못하리. 좋아, 나도 제비 다리를 고쳐주고 흥부보다 훨씬 많은 보물을 얻어야겠다."

놀부는 이렇게 생각하며 스스로 명안을 냈다고 여겼습니다. 그래서 놀부는 재빨리 자기 집 처마에 둥지를 틀었고 이젠 남쪽으로 돌아갈 채비를 하고 있는 어미와 새끼제비를 붙잡았습니다. 그리고는 어미제비와 네 마리의 새끼제비를 무참히 때려죽이고 남은 한 마리 어린제비의 다리를 돌로 부러뜨렸습니다. 그러고서 아파 고통스러워하고 있는 제비의 다리에 고약을 붙이고 붕대를 감아주고선 둥지 안에 눕혀두었습니다. 놀부는 결코 불쌍한 제비가 가련해서가 아닙니다. 만일 죽어버리면 보물을 손에 넣을 수 없기에 조석으로 약간의 음식과 물을 주었습니다.

그랬더니 제비의 상처는 점차 회복되었고, 이제 충분히 멀리 높게 날을 수 있게 되었습니다. 그래서 놀부는 어린제비를 거칠게 둥지 안에서 잡아내 이렇게 말합니다.

"네가 다쳐서 괴로워하는 걸 살려준 것은 나다. 그러니 그 대가로 내년에 다시 돌아올 때에는 잊지 말고 '보은의 박'을 가지고 오너라, 알겠니. 절대 잊지 말거라."

그러고선 남쪽으로 돌려보냈습니다.

놀부는 내년 봄을 기대하며 손꼽아 기다리고 있었습니다. '이제 두고 봐라, 저 제비가 돌아오면 흥부보다도 훌륭한 '보은의 박'을 가지고 올 테니, 그렇게 되면 내가 마을의 제일 큰 부자가 될 게야.'라면서 마음속으로 매일 이 같은 생각을 하고 있었습니다. 그렇게 하여 기다리고 기다리던 봄이 왔습니다. 그 제비가 언제 올까 놀부가 목을 길게 빼고 기다리고 있었는데, 어느 날 제비가 찾아왔습니다. 입에는 커다란 박 씨를 물고 말입니다. 제비는 그것을 놀부 마당에 떨어뜨리고선 획 몸을 돌려 어디론지 날아가 버렸습니다. 놀부 집 처마에 둥지를 틀지 않고서 말입니다.

"왔어. 큰 박 씨가 말이야."

떨어진 박 씨를 주운 놀부는 손뼉을 치며 기뻐했습니다.

그런데 그 박 씨에는 '보은의 박'이라 적혀 있지 않고 '보복의 박'이라 적혀 있었습니다. 학식이 없는 놀부는 보은과 보복이 어떻게 의미가 다른지 알지 못했습니다. 이것은 자신이 제비 다리를 낫게 해준 은혜에 대한 선물일거라고 짐작한 것입니다. 놀부는 재빨리 그 씨를 마당에 심었습니다. 그리고 주의를 거듭하며 그 싹이 나올 것을 기다렸습니다.

이어서 작은 싹이 부드러운 흙을 뚫고 나타났습니다.

"드디어 복의 신이 얼굴을 내밀었다."

놀부는 뛸 듯이 기뻤습니다. 물을 주고 비료를 주며 세심한 주의를 기울였습니다. 어린 싹의 주변에 개나 고양이가 올수 없게 단단히 울타리를 쳤습니다. 비가 조금 오거나 바람이 조금 불거나 하면 놀부는 재빨리 그 위에 비바람을 맞지 않도록 가려주고 꺾어지고 휘거나 하는 일 없게 했습니다. 그러는 동안 어린 박의 싹은 무럭무럭 자라나 꽃이 피고 열매를 맺게 되었습니다.

놀부는 마음속으로 네 개의 작은 박이 나올 것을 생각하고 있었습니다. 그런데 박은 모양도 매우 크고 개수도 열두 개나 나왔습니다. 놀부는 다시 마음속으로 아주 기뻤습니다.

'이것 봐라. 흥부 박은 겨우 네 개였고 게다가 아주 작지 않았나. 그런데도 저리 많은 보물을 손에 넣었다. 그런데 내 박은 이리 크고 개수도 열두 개나 나왔다. 이것이 잘 익으면 하나를 갈라 보자. 이제 난 세계 제일의 대부호가 되는 것이다. 어떤가, 나만큼 행운이 있는 자 또 있으랴.'

놀부는 아무렇지 않게 만나는 사람마다 이렇게 얘기하고 거만한 코를 벌름거렸습니다.

6. 열두 악마

열두 박은 점점 보기 좋게 익어갔습니다. 놀부는 이제 박을 갈라 그 안에 들어 있는 많은 보물을 얻어야지 하고는 먼저 첫째 박을 가지에서 따 힘차게 둘로 갈랐습니다. 그러자 안에서부터 나온 것은 마르고 못생긴 얼굴을 한 노인이었습니다. 노인은 손에 가야금 하나를 들고 있었습니다.

"뭔가 자네는 대체 뭣 때문에 온 건가?"

놀부는 예상이 빗나갔기에 괴로운 얼굴로 이렇게 말했습니다.

"난 말일세. 가야금을 타는 사람이라네. 자네가 불러서 온 거고, 자 내 재미있는 가야금을 들어주게."

노인은 넉살좋은 표정으로 말했습니다.

놀부는 생각합니다.

'과연 흥부 때와는 달리 박의 수가 열두 개나 돼. 이것은 처음에 음악과 춤으로 날 즐겁게 하고, 그런 다음에 복을 주시려는 거겠지. 그래 그런 것이 틀림없어.'

그래서 그럼 한곡 들어보겠네 하고 노인에게 명령했습니다. 노인은 재빨리 가야금을 무릎 아래 놓고 한곡을 연주했는데, 그 솜씨가 너무 서툴러 도저히 듣고 있을 수가 없었습니다. 곡의 반도 지나지 않아 놀부는 벌써 싫증이 나버렸습니다.

"자, 그런 서툰 가야금 소리 이제 그만 듣겠네. 냉큼 사라지게."

놀부는 화가 났습니다. 노인은 새침한 얼굴로 말합니다.

"벌써 싫증이 났는가. 그럼 이제 그만하고 돌아가지. 한데 지금까지 들려준 사례를 해야 하네."

"누가 네놈에게 사례를 한단 말인가. 빨리 꺼지지 않으면 던져버릴 테다."

놀부는 화가 난 나머지 주먹을 치켜들었습니다.

"돈을 받지 않으면 난 돌아가지 않

소. 자네가 부른 거고 돈을 주지 않으면 돌아가지 않을 테니 그리 아시게."

노인은 태연스레 놀부 자리로 와 앉았습니다.

"대체 얼마를 원하는 건가?"

놀부는 화난 소리로 외쳤습니다. 넉살좋은 노인은 대충해선 돌아갈 기미가 보이지 않았기에 몇 푼 주어 돌려보내야겠다고 생각한 것입니다.

"사례를 할 건가. 이거 고맙군. 한데 내 연주는 세상에 흔한 싸구려 연주가 아니라서 사례금을 많이 내야 하는데. 뭐, 자네 재산으로 봐선 아무것도 아니겠지, 고작 천 원이면 되니까."

"뭐, 천 원이라고?"

놀부는 기절하듯 놀라 이렇게 외쳤습니다.

"사람을 어디 바보로 알고, 자네 연주에 천 원이란 돈을 내는 자가 세상 어디에 있겠는가. 자 냉큼 돌아가게. 돌아가지 않으면 후려갈겨버릴 테다."

"돌아가라면 돌아갈 테니 그리 화내지 마시오."

노인은 침착하게 말했습니다.

"한데 내가 가면 이 열한 박은 모두 사라진다네. 아깝지 않은가. 이 열한 박을 갈라 보게. 무엇이 나올지 모르니. 자네는 그것이 욕심나 그리 고심하지 않았나, 아니면 이제 필요 없어졌다는 건가."

이 말을 들으니 과연 지금 이 노인을 돌려보낸다면 애쓴 것이 모두 사라져버리게 되니 아까워도 천 원을 내놓지 않을 수 없었습니다. 놀부는 마지못해서 천원을 노인에게 건넸습니다.

"이거 고맙네, 그럼 난 이만 물러가겠네. 내가 없어지고 나면 둘째 박을 갈라 보게. 거기엔 정말 좋은 보물이 있을 테니. 하하하하"

그렇게 말하는가 싶더니 노인도 가야금도 돈 천원도 연기처럼 사라졌습니다.

"자, 둘째 박으로 천원의 벌충은 충분히 되겠지."

놀부는 힘차게 박을 갈랐습니다.

그런데 안에서 나온 것은 다섯 명의 나이 든 승려였습니다. 더러운 옷을 입고 갸륵한 마음으로 염주를 손가락 끝으로 한 알씩 돌리며 큰 소리로 경을 읽는 것입니다. 놀부는 어리둥절하여 말도 할 수 없을 지경입니다.

"이거 스님들은 무슨 일로 왔소."

놀부가 큰 소리로 화를 내자, 고승인 듯한 스님이 말합니다.

"당신은 불효자일세. 오늘은 자네 부모 기일인데 잊었는가."

과연 생각해 보니 아버지 기일이었다. 놀부는 말없이 경을 읽게 할 수밖에 없었습니다.

"자, 경이 끝났으니 사례를 하시게. 사례는 다섯 명이니 오천 원일세. 오천 원을 주지 않으면 우린 나머지 박과 함께 사라질 거네.”

이리 협박을 당하니 박이 아까워서 결국 놀부는 오천 원을 주고 말았습니다.

이제 셋째 박을 갈라보았습니다. 어찌 된 일인지 이번에는 몇십 명의 모르는 바짝 마른 노파들이 초라한 모습으로 ‘아이고 아이고’ 하고 쉰 목소리로 외치고 있습니다.

이것은 상을 당한 사람이 장례식 때 우는 여자 목소리입니다.

“재수 없게, 무슨 일로 네 놈들이 나왔느냐.”

놀부가 소리칩니다.

“독경 다음은 우리들 차례네. 자 사례하게. 만 원일세. 적지만 깎아줬어.”

그들이 각자 외칩니다. 놀부는 돈을 주지 않으면 또 박을 뺏어 갈 거라 여기고 마지못해 돈을 주었습니다. 그들은 사라졌습니다.

“마음이 정말 울적해. 이번엔 좀 유쾌한 것이 나왔으면 좋겠어.”

그러고서 넷째 박을 갈랐는데 나온 것은 정말 유쾌한 것이었습니다. 조선팔도의 무녀巫女들이 모두 다 나와서 종과 북, 거문고와 피리 소리를 내며 시끄러이 원을 그리며 돌았기에, 놀부는 두려워서 큰돈을 주어 돌려보냈습니다. 그리고 다섯째 박을 가르자, 만 명 이상이나 되는 남자가 만화경을 가지고 나타났습니다. 그들에게도 큰돈을 빼앗겼고, 여섯째 박에서는 수를 헤아릴 수 없는 광대들이 뛰어나와서 춤을 추며 뛰어오르다가 놀부를 때리고 발로 차고, 다시 큰돈을 빼앗아 사라졌습니다.

몹시 혼이 난 놀부가 이번에는 하인을 불러서 일곱 번째 박을 가르게 했습니다.

"싫습니다. 이런 무서운 박은 버려버리십시오. 무엇이 나올지 모릅니다."

하인은 벌벌 떨면서 이렇게 말했습니다.

"이번엔 정말 보물이 나올 거다. 가르는 대가로 십 원을 주겠다. 그리고 나온 보물은 모두 너에게 주마."

놀부는 이렇게 말했습니다.

"십 원을 주신다고요. 그리고 나온 보물도 주신다면 가르겠습니다."

그리 말하고 하인은 십 원을 받고 두려운 마음으로 박을 갈랐습니다. 그랬더니 그 안에서 금화가 잔뜩 나왔습니다. 아름다운 빛이 찬연히 눈을 비추었습니다.

"와 금화다, 금화."

놀부는 하인에게 준다고 했던 말을 잊고 미친 듯이 달려들고자 했습니다. 그러자 어찌된 영문인지 금화는 그 자리에서 사라졌고 수많은 양반들이 근엄한 얼굴로 나타납니다. 그리고 놀라 긴장한 놀부를 호되게 꾸짖고선 조금 전 있던 금화의 수만큼 돈을 빼앗아 사라져 버렸습니다.

"주인님, 이제 나머지는 버리십시오. 제대로 된 것은 나오지 않을 거예요."

하인이 말했습니다. 하지만 놀부는 나머지 박을 포기할 수 없었습니다.

"바보 같은 소리, 다음 것이 진짜 보물일 거다. 지금까진 신의 장난이야."

놀부는 그리 말하며 다시 십 원을 주고 여덟 번째 박을 가르게 했습니다. 그 안에서 나온 건 수많은 부랑자였습니다. 그들은 꺼릴 것 없이 집안을 털면서 돌아다녔고, 놀부가 목숨보다도 소중히 여기고 있던 빌려준 돈의 증서와 전답 매매권 모두 그들 손에 닿는 것은 모조리 찢어 없앴습니다. 이제 놀부도 자포자기한 마음이 들었습니다. 아홉 번째, 열 번째, 열한 번째 박을 갈랐고, 동시에 땅에 내던졌습니다. 아홉 번째 박에서는 무수한 곡예사들이, 열 번째는 수많은 맹인이 나타났습니다. 마지막 열한 번째 박에서는 무서운 악마가 날아와 놀부 뒷덜미를 붙잡았고, 다 모여 호되게 때리더니 큰 소리를 지르며 웃다가 함께 어디론지 사라졌습니다.

몸과 마음이 다 지친 놀부는 그래도 욕심을 버리지 못했습니다. 열두 번째 박이 마지막이다. 신은 적어도 이 박만큼은 복을 담아놓으셨을 거라 생각했지만, 이것마저 박정하다 싶어 이번엔 높은 하늘에 걸린 박을 끝이 뾰족한 대나무 장대로 찔러보았습니다. 그랬더니 그 구멍으로 몹시 단 액체 즙이 흘러나왔고 장대를 타고 놀부 손가락 끝에 묻었습니다. 놀부는 그것을 핥아 보니 미묘한 단맛이 났고 말할 수 없이 기분이 좋아졌습니다.

"아, 이거야말로 감로#露의 맛이다. 이 즙이 다 나오면 안에서 보물이 나올 게 틀림없다."

놀부는 매우 기뻐했고 힘차게 지붕으로 올라가 그 박을 따 가지고 와 갈라보았는데, 그 안에서 노란 밀봉蜜蜂 같은 액이 줄줄 흘러나왔습니다. 그 양이 점차 늘어나 놀부 집 마당에 넘쳐납니다. 집과 논, 동산과 돌, 나무 할 것 없이 그의 저택은 모두 이 단 액즙 속에 잠겨버렸습니다. 그런데 이상한 일은 이 정도의 큰 액즙이 다른 마을사람 집과 전답으로는 흘러가지 않았습니다. 놀부는 마침내 감로 홍수에 휩쓸려 들어갔습니다. 놀부는 아무리 발버둥 쳐봐도 빠져나올 수 없었습니다. 시시각각 불어나는 큰 액즙 속으로 놀부 집도, 곳간도, 놀부 자신도, 결국 흔적 없이 사라져버렸습니다.

*　　　　　　*　　　　　　*

마을사람은 놀부의 죽음을 '악인악과惡因惡果'라 말하고 비웃음거리로 삼았습니다. 하지만 단 한사람 놀부의 묘에 끊임없이 향을 손에 들고 가는 사람이 있었습니다. 그 사람은 이 자비심 많은 흥부였습니다. (끝)

아동극

영혼에서 솟는 샘물

오카무라 기쿠도岡村菊堂

등장인물
김········ 쉰 가량의 성실한 노인, 구장區長.
문········ 온화한 마흔 두세 살의 남자, 가난함.
함········ 예순 두세 살의 동네 제일의 갑부.
문의 아들········ 혈기 왕성한 청년.
그 외········ 현·강·이씨 등 다수

제1장 구장의 집

마을사람 몇몇이 모여서 회의를 하고 있다. 멀리 바다가 보인다.

함　"어쨌든 일 년 내내 좁쌀을 먹고 사는 가난한 마을일세. 돈
　　을 걷는 일은 찬성하고 싶지 않으니 보류하는 게 좋지 않
　　겠나."

현 "그렇고말고요. 물은 조금 고생하면 되지요. 지금으론 괜찮으니까요. 돈 드는 일은 하지 않는 게 좋겠죠."

김 "저 또한 가난한 마을에서 돈을 내게 하는 건 안쓰러운 일이라고 생각해요. 그러나 작년에 마을사람들이 왜 콜레라로 죽었는지 생각해 보세요. 상해의 기선이 매일 저 앞바다를 지나가며 콜레라균이 있는 오물을 바다로 흘려보내 그것이 이 해안으로 밀려와 유행병이 도는 걸 모르십니까? 사람에게 죽는다는 건 최대의 불행입니다. 그것을 막기 위해 바다에서 오는 균이 들어가지 않는 우물을 만들어야 합니다. 돈을 내는 게 힘들더라도 목숨을 사는 거라 생각한다면 전 숭고한 마음으로 해내야 한다고 생각합니다. 한 사람의 힘보다는 열 사람의 힘으로요. 아무쪼록 찬성해 주십시오."

문 "지당한 말씀입니다. 여러분 어떠십니까? 김씨도 저렇게 열심히 말씀하시니 우물을 파는 것이."

모두 "그렇게 하는 것이 좋겠습니다."

김 "우물만 만들면 어떤 유행병도 바다에서 유입되지 않을 겁니다. 그럼 저는 오십 원을 기부하는 걸로 하겠습니다."

이 "그럼 죄송하지만 저도 이십 원을 내겠습니다."

문 "저는 가난하니 오 원만 내겠습니다. 그 대신 공사할 때 힘껏 도와드리겠습니다."

73

함 "그럼 난 일 원."

이 "함씨, 그리 재산이 많은데 일 원이라니. 좀 더 후하게 내
시게나……."

함 "무슨 소릴 하는가. 일 원이 그냥 생기는 겐가. 땀을 흘려
일해서 번 돈이라네. 마음에 들지 않으면, 난 내지 않겠네."

현 "그리 화내지 말게. 공평하게 해야 하니 그런 거지……."

함 "돈을 내는 것도 경우에 따라 다른 거지. 이런 한 푼의 벌
이도 되지 않는 일에 돈을 내는 건 내 성격상 맞지 않네.
큰 회사라도 차려서 해마다 이 할의 배당이라도 준다면 만
원 아니 이만 원이라도 내지."

김 "기부는 마음이니까. 일 원 받는 걸로 하겠습니다. 그럼 나
머지는 쭉 돌려서 기입해 주십시오. 부족한 돈은 다시 뜻 있
는 분들한테서 모으겠습니다. 그럼 모두들 수고하셨습니다."

일동 모두 퇴장한다. 퇴장하면서,

함 "정말이지 난 저 김씨의 성인聖人인 척 하는 태도가 마음에
안 들어. 자기만이 신인 양 하는 소리라니……. 역시 명예가
욕심이 난 거겠지만, 명예보단 돈, 그것이 지금의 세상이지."

사람들은 냉소하면서 따라간다.

―[막]―

제2장 도중

　도중에 김 씨와 이 씨가 서서 이야기를 하고 있다.
　무대에서는 능숙하게 돌을 쪼개는 끌 소리와 흙을 올리는 사람들 소리.

이 "우물도 상당히 깊이 파졌습니다."

김 "준공도 앞으로 열흘 남았어요. 어찌됐건 바닥에서 갑자기 암반을 만나 뜻하지 않은 일손이 들긴 했지만, 문씨가 열심히 도와주어 큰 도움이 되었습니다."

　이때 흙이 무너지는 소리가 났다.

이 "어, 저게 무슨 소립니까?"

김 "글쎄요, 다이나마이트 소리하고는 다른 것 같은데요……."

　이때 마을사람 한명이 몸을 헐떡거리며 뛰어 들어온다.

마을사람 "큰일…… 큰일 났습니다. 우물 쪽 흙이 무너져 문 씨가 생매장되었습니다. 빨리 가서 도와주십시오. 큰일 났습니다. 큰일……."

김 "뭐요, 문 씨가 생매장이 되었다고요? 이거 큰일 났군."

　가래, 곡괭이 등을 든 마을사람들이 정신없이 달려와 뒤섞였다.

제3장 공사장

시체를 에워싸고 수많은 사람들이 모였다. 가족들의 아이고 하며 울먹이는 소리.

함　"그래서 말하지 않았는가. 이런 일이 일어날 거라 여겼기에 처음부터 반대했던 거네. 남을 도우려다 오히려 사람을 죽였네."

문씨 아들, 눈물 흘리며

문씨 아들 "그렇습니다. 저 사람이 죽인 겁니다. 아버지가 이렇게 되신 것도 저 사람이 쓸데없는 일을 시작해서입니다."

강　"여하튼 안됐습니다. 문 씨는 훌륭한 일꾼이었는데, 운이 나빴으니 어쩔 수 없는 일 아닙니까."

함　"운? 흥, 자네들은 그리 생각하는가. 난 준비가 부족했다 여기는데. 이런 암반 위에 버텨줄 버팀목도 집어넣지 않고 땅을 파다니. 흙은 미끄러지게 되어 있네. 보게, 우물이 거의 묻혀버렸지. 돈이 필요 없는 한가한 사람이나 이런 일을 하게나. 난 이제 한 푼도 내지 않겠네. 아이고 사람 죽이는 일을 시작한 거지 않은가."

함씨는 투덜대면서 사라진다. 김씨와 이씨가 황급히 달려온다.

김　“어찌 됐습니까? 문씨는 구했습니까?”

문씨 아들, 김씨를 보자 화가 나서 덤벼든다.

문씨 아들　“이 살인자, 우리 아버지 살려내. 살려내라구.”
김　“아, 결국 문씨는 구하지 못했군. 면목이 없네.”
문씨 아들　“어서, 빨리 살려 내요. 직접 죽이지 않았어도 쓸데없
　　　　는 일을 시작해서 죽인 건 당신이라구. 빨리 살려내시오.”
김　“그런 소리 들어도 당연하네. 자네 아버지 죽음은 내 책임
　　인 것 같네. 하지만 그렇지 않은 것 같기도 하네. 잘 생각해
　　보게. 난 마을사람 목숨을 생각하고 이 일을 한 거지 결코
　　자네 아버지를 죽이려고 한 건 아닐세.”
문씨 아들　“죽이려 하지 않았어도 죽었으니 살려내란 말이오.”

　김씨를 발로 찬다. 김씨는 쓰러졌고 가만히 고개를 숙이고 있
다. 이씨가 이를 보고 말린다.

이　“이보게. 이렇게 심한 짓을 하는 건 아니지. 자 진정하게.”
김　“아닙니다. 그렇게 해서라도 원망이 사라진다면 더 세게 차
　　주게.”
문씨 아들 “뭐라고…….”

　다시 발로 찬다.

강　"진정하게, 진정하라니까."

　문씨 아들을 억지로 데리고 나간다. 계속해서 아이고 소리가 난다.

　김씨는 쓰러져 고개를 숙인 채 눈물을 흘린다.

―[막]―

제4장 공사장

　김씨는 혼자서 괭이를 쥐고 우물 흙을 퍼 올리고 있다. 머슴이 안에서 흙을 파고 있는 것 같다.

김　"허리가 많이 아프니 잠시 쉬어야겠네."

　낚시 병을 놓고 혼잣말을 한다.

김　"사람 마음만큼 미덥지 못한 게 없지. 가지에 잎이 피면 그 뿌리를 잊어버린다더니. 문씨가 죽은 후 아무도 이 일을 도와주기는커녕 오히려 이 일을 하는 날 욕하고 방해하는 자조차 있으니. 문 씨의 죽음―그 책임이 과연 내게 있는가. 좋은 마음에서 시작한 일인데, 그래도 나는 죄인인가. 아니 아니. 그것보다도 난 이 일을 훌륭히 마무리지어야 해. 좋은 일을 하려 결심했던 걸 위해서도, 또한 문씨의 그 선량한 영혼을 위해서도."

까마귀 소리…….

김   "이제 혼자서 하는 거다. 자, 시작하자."

한차례 주변이 어두워진다.

김   "이제 날이 저물었네. 그럼 오늘은 이만하고 돌아가세나.
     수고했어."

두 사람은 돌아간다. 그때 문씨 아들이 발소리를 죽이며 나오
고 김씨의 뒤를 쫓는다.

문씨 아들 "지독한 놈이군. 아직 이 일을 하다니. 열이 받는군. 좋
     아. 이리 해주지."

이렇게 지껄이고 삽으로 흙을 우물 속으로 떨어트린다.

—[막]—

제5장 문 씨의 묘지

달이 푸르스름하게 흙무덤을 비추고 있다. 김 씨가 조용히 걸
어온다.
문씨 아들이 잠시 나오다가 다시 숨는다.

김씨는 곧이어 문 씨 묘 앞에 서서 기도한다.

김씨 "문 씨, 자네는 죽었어도 이상한 힘이 내게 전해지네. 난 자네 묘를 볼 때마다 새로운 힘을 얻어. 부지런한 일꾼이었던 자네의 힘이 내게 전해진다네. 난 내 밭을 팔아서 시멘트를 구입했어. 난 혼자지만 저 우물을 훌륭히 만들 걸세. 그리고 그곳에 비석을 세우겠네. 문 씨의 영혼에서 솟는 샘물. 그래 이 얼마나 어울리는 이름인가. 그리해야 자네의 죽음이 헛되지 않지. 알겠는가. 아 밤이 깊었네. 슬슬 돌아가야겠어."

김씨가 일어서서 돌아가려 한다.

문씨 아들 "김 씨 아저씨."

김 "누가 나를 부르는 것 같은데……."

문씨 아들 "접니다. 문영준입니다."

김 "아 자넨가. 다시 복수라도 하려고. 오늘은 다행히 아무도 막을 자 없으니 때리든 발로 차든 마음껏 하게나."

문씨 아들 "죄송합니다. 제가 매일 밤 하시는 일을 방해했습니다. 그런데 그런 저에게 욕 한번 하시지 않았습니다. 그리고 자주 아버지의 묘에 오시니 이제 그 바른 마음과 정성을 알았습니다. 제가 정말 몰인정했습니다. 부디 지금까지의 잘못을 용서해 주십시오.”

김　“아닐세. 난 아직 용서받지 못해. 자네가 날 책망해 주게.”

문 씨 아들 “아닙니다. 아버지는 기쁜 마음으로 일을 도우신 겁
니다. 이번엔 제가 아버지 대신 일하게 해 주십시오. 지금
하신 말씀대로 저 우물에서 깨끗한 물이 나와 마을사람들
에게 공급할 수 있다면 그것이 아버지의 진정한 바람일 것
입니다. 전 아버지의 진정한 마음을 잊고 있었습니다. 아무
쪼록 일을 돕게 해 주십시오.”

김　“자네가 도와줄 텐가. 그렇다면야 고맙지. 하지만 난 책망
받아도 어쩔 수 없다는 건 잘 알고 있네.”

문씨 아들　“아닙니다. 아저씨를 원망한 게 잘못이었습니다.”

김　“원망은 지니고 있어도 좋네. 그럼 마을사람들을 위해서 자
네도 내일부터 나와 함께 일해 주게. 저 우물을 하루라도
빨리 준공해서 아버님 영혼으로부터 솟는
깨끗한 물을 퍼 올리도록 하세.”

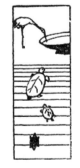

문씨 아들　“네.”

김　“보게. 하늘이 깨끗이 개었어. 내일도 날씨
가 좋을 걸세. 자 이제 슬슬 돌아가세.”

　두 사람은 조용히 걸으며 사라진다.

—[막]—

동화

하루야스榮泰와 금화

이시하라 다다요시石原忠義

　남쪽 나라 어느 항구 마을에 하루야스라는 소년이 어머니와
단 둘이서 살고 있었습니다. 하루야스는 이 마을 보통학교[15] 3학
년이었습니다. 하루야스네 집은 아주아주 가난했습니다. 어머니
가 낮에는 군고구마나, 귤, 과자를 길거리에서 팔고 밤에는 삯바
느질을 하며 살았습니다. 그래서 하루야스도 학교를 마치면 곧바
로 집에 가서 상자를 목에 걸고 귤이나 과자를 팔러 다녀야했습
니다. 몹시 더운 여름날에도 얼어붙을 듯 추운 겨울날에도 이러
한 하루야스의 모습이 보이지 않는 날은 없었습니다. 옷은 언제
나 구멍이 뚫린 낡은 옷을 입었습니다. 그래도 하루야스는 행복
했습니다. 사랑해주시는 어머니와 인정 많은 선생님이 계셨기 때
문입니다.

---

15) 1906년 ＜보통학교령＞에 따라 설치된 초등교육기관.

학용품도 마음대로 살수 없어서 하루야스는 언제나 친구한테 물려받거나 버려진 몽당연필을 주어다 사용했습니다. 그 때문에 친구들에게 놀림을 받거나 친구가 갖고 있는 멋진 학용품이나 문구점 앞에 진열된 온갖 크레용 등을 보면 너무나 갖고 싶어서 자신도 모르게 손을 뻗곤 했습니다만, 그때마다 최 선생님의 방긋방긋 웃는 다정한 얼굴이 눈앞에 어른거렸습니다.

"넌 정말 대견하구나. 날마다 힘들게 일하며 학교에 다니는데 공부도 가장 잘하고 말이야. 크면 틀림없이 훌륭한 사람이 될 거야. 정직하게 일하는 사람이 제일 훌륭하지. 놀기만 하거나 거짓말을 하거나 남의 물건을 빼앗는 사람은 훌륭한 사람이 될 수 없어."

항상 이런 말씀을 해주시는 선생님을 떠올리면 친구들과 싸우거나 물건을 훔칠 마음이 싹 사라졌습니다.

*   *   *

하루야스의 아버지는 4년 전에 어머니와 하루야스를 데리고 바다를 건너 먼 남쪽 나라로 가서 돈을 벌기위해 그곳의 큰 제철 공장에 들어갔습니다. 사방이 10리나 되는 커다란 공장이었습니다. 커다란 기계가 눈부실 정도로 빨갛게 구워진 한두 아름이나 되는 큼지막한 철 막대기를 마치 사탕막대기라도 되는 듯 싹둑 잘랐습니다. 공장 안에는 철이나 석탄을 나르기 위한 레일이 여러 줄 놓여 있어 언제나 작은 기관차가 기적을 울리며 왔다 갔다 했습니다. 하늘은 공장마다 뿜어내는 연기가 언제나 자욱하게 맴돌아서 늘 구름이 끼어 있는 것 같았습니다. 공장이 쉬는 날에는 아버지가 하루야스를 데리고 공장 안을 구경시켜주었지만, 하루 만에 반의반도 볼 수 없을 정도로 넓어서 놀랐습니다. 하루야스의 아버지는 높은 곳에 있는 커다란 용광로로 땅 속에서 갓 파낸 돌과 철을 옮기는 일을 했습니다.

하루야스의 아버지가 공장에서 일하신지 1년이 지났습니다. 다른 나라 말도 하실 수 있게 되었고 일도 점차 터득해서 돈도 많이 벌게 되었습니다. 딱 그 무렵이었습니다. 어쩌다 그렇게 됐는지 미끄러지는 바람에 자그마치 그 높이가 약 6미터나 되는 높은 곳에서 거꾸로 떨어지신 것입니다. 곧바로 공장주와 의사가 달려왔지만, 의사는 한 번 진찰하고 하루야스의 손을 잡고 달려온 어머니에게 안쓰러운 듯이 말씀하셨습니다.

"도저히 어렵겠어요. 척추와 늑골이 부러졌습니다. 몸이 떨어진 곳이 안 좋은 곳에 부딪친 것 같아요."

어머니가 성심성의껏 온 마음으로 열심히 간병하셨지만 전혀 효과가 없었습니다.

"내가 이렇게 먼 곳까지 일하러 온 건 모두 널 훌륭한 사람으로 키우기 위해서였단다. 하지만 이제는 글렀구나. 이런 낯선 곳에서 어머니와 너 단 둘이 불안하겠지만 어쩔 수 없구나. 아무리 힘든 일이 있어도 열심히 공부해서 훌륭한 사람이 되려무나."

일주일이 지난 밤, 아버지는 하루야스의 손을 잡고 이렇게 말씀하시면서 숨을 거두셨습니다. 공장주나 감독관이나 함께 일하던 많은 분들의 도움으로 겨우 장례를 치른 뒤 바로 어머니는 하루야스와 함께 이 항구 마을로 돌아오신 것입니다.

＊　　　　　＊　　　　　＊

춥고 추운 겨울이 왔습니다. 하루야스는 매일 물건을 팔러 다녀야 해서 겨울이 가장 싫었습니다. 날마다 큰 배가 들어오는 부두로 갔습니다. 바다 건너 불어오는 바람은 몹시 차가워서 손도 볼도 찢어질 것만 같았습니다. 많은 사람들이 외투 깃을 세우거나 목도리로 얼굴을 감싼 채 왔다 갔다 했지만 하루야스의 귤을 쳐다보는 이는 아무도 없었습니다. 부두에서 마을 반대편으로 가면 이웃 마을로 가는 긴 제방도로가 이어져 있었습니다. 그 제방 옆에 큰 창고가 있었는데 그 창고의 남쪽은 아주 따뜻해서 햇볕을 쬐기 좋았습니다. 하루야스는 그곳에서 햇볕을 쬐면서 지나가는 사람들에게 귤을 팔기로 했습니다.

그날도 학교를 마치자마자 무릎 위에 상자를 올려놓고 늘 앉던 곳에 쭈그리고 앉았습니다.

아쉽게도 오늘은 귤을 하나도 못 팔았습니다. 집에 돌아가려고 일어서자 지나가던 키 큰 남자가 상자 속의 귤을 모두 사주었습니다. 다정한 눈빛이 왠지 아버지를 보는 듯 했습니다. 모자 밑으로 삐져나온 머리카락과 성큼 걸어가는 남자의 뒷모습을 보자 왠지 훌륭한 사람 같다는 생각이 들었습니다.

다음 날 상자를 내려놓자마자 어떤 여성분이 오셔서 "어머 똑똑한 아이구나."라며 귤을 모두 사주었습니다. 하루야스는 매우 기뻤습니다.

그 다음 날 평소보다 일찍 갔습니다만 웬일인지 그날은 발걸음을 멈추고 귤을 사는 사람이 없었습니다. 겨울인데도 따뜻한 봄 같은 날이었습니다. 바다는 파도 한 점 일지 않았고 배의 그림자조차 일렁이지 않았습니다. 초겨울의 따뜻한 날씨에 하루야스는 몸이 사르르 녹았고 꿈결처럼 먼 바다에서 뱃노래가 들리는 것 같았습니다. 하루야스는 무릎에 상자를 얹은 채 까무룩 잠이 들었습니다.

*　　　　　*　　　　　*

"하루야스야 아무리 힘든 일이 있어도 열심히 공부해서 훌륭한 사람이 되려무나."

꼭 잡고 있던 창백한 아버지의 손이 어느새 좋아하는 다정한 최 선생님의 손으로 변해있었습니다.

"어머 오늘도 귤을 팔고 있구나. 정말 훌륭해. 오늘은 선생님이 모두 사줄게."

선생님이 이렇게 말씀하시고는 보라색 손가방 속에 하나도 남김없이 귤을 모두 집어넣으셨습니다. 그러자 어느새 또 다시 최선생님은 아름답고 아름다운 여신으로 변하셨습니다. 여신은 깜짝 놀란 하루야스는 아랑곳 않고 많은 금화를 상자 안에 쨍그랑쨍그랑 넣으셨습니다. 그리고 너는 항상 일하고 있으니까 오늘은 내가 아름다운 나라로 데려가주마. 자, 이리 오렴. 여신은 하루야스의 손을 잡아 일으켜 세웠습니다. 이미 그때는 하얀 구름을 타고 높고 높은 하늘 위를 날고 있었습니다. 배도 바다도 사람도 집도 모두 발아래로 보였습니다. 오른손에 들고 있던 상자가 너무 무겁고 무거워서 찢어질 것만 같았습니다. 결국 소중한 상자를 떨어트리고 말았습니다.

그 순간 눈이 번쩍 뜨였습니다.

정말 놀랄 일이 일어났습니다. 방금 전까지 상자 속에 있던 귤이 몽땅 사라지고 무릎에서 미끄러져 떨어진 상자 모서리와 발치에 쏟아진 많은 금화가 반짝반짝 빛나고 있었습니다. 꿈인가 싶어서 눈을 비비고 볼도 꼬집어보았습니다만, 역시 진짜 금화였습니다. 너무나도 신기하였습니다. 정말로 여신이 주신 것인지 주위를 둘러보니 해가 저물어가는 제방 너머로 걸어가는 양복을 입은 신사만 보일 뿐 아무도 보이지 않았습니다.

하루야스는 금화를 주어모아서 주머니에 넣고 서둘러 집으로 돌아갔습니다.

자초지종을 들은 어머니는 내일 아침에 경찰에 갖다 주자며 낡은 옷장에 집어넣고는 하루야스가 일하면서 공부하니까 분명히 여신이 베풀어주신 선물인거 같다고 말씀하셨습니다.

$*$ $*$ $*$

다음 날 아침 하루야스가 마당에서 세수를 하고 있는데 배달부가 한통의 편지를 가지고 왔습니다. 어머니가 이상하게 생각하면서 뒷면을 보았는데 예전에 아버지가 일했던 제철공장의 공장주가 보낸 편지였습니다. 봉투를 뜯고 편지를 읽는 어머니의 얼굴이 놀란 표정에서 점점 기쁜 표정으로 변하더니 이어서 눈에 그렁그렁 눈물이 맺혔는데 하루야스는 그 모습을 신기하게 바라보았습니다. 그 편지에는 다음과 같은 내용이 적혀 있었습니다.

　　이번에 이쪽에서 새 회사를 세우게 되어 토지를 알아보러 오늘 아침 배로 도착했습니다. 부두에서 긴 제방을 지나가는데 어디선가 본 듯한 아이가 귤을 팔고 있었습니다. 아니 본 적이 있는 아이였습니다. 상자를 무릎 위에 올린 채 기분 좋게 단잠을 자고 있었습니다. 남편이 세상을 떠난 뒤 당신들이 바로 이곳으로 돌아갔다는 사실이 떠올라 당신의 아들인 하루야스라고 생각했습니다. 하루야스는 얼굴에 기분 좋게 미소를 지으면서 잠들어 있었습니다. 아마 재미있는 꿈이라도 꾸고 있었겠지요. 어지간하면 흔들어 깨워서 당신 집으로 안내해달라고 부탁할까했습니다만, 오늘밤에 곧장 기차로 경성에 가야만 했습니다. 모처럼의 좋은 꿈을 깨우는 것도 아니라고 생각해서 귤을 모두 꺼내고 금화를 넣어두었습니다. 아이가 눈을 뜨고 깜짝 놀랐겠죠? 그 아이라면 틀림없이 여신이 주신 거라고 생각할지도 모릅니다. 만약 그렇다면 그렇게 믿게 해주세요. 스스로 이해할 그날이 올 때까지 그대로 믿게 해주세요.

편지를 다 읽으신 어머니는 눈물을 닦으시면서 아버지 위패 앞에 편지를 갖다놓으셨습니다. 그리고 아침밥을 먹을 때, "하루야스, 어제 금화는 정말 여신이 주신거야."라고 말하셨습니다. 하루야스는 어제의 다정한 여신의 모습을 떠올리자 기쁨에 가슴이 벅차서 어느새 편지는 잊어버렸습니다. 그날은 동쪽 창문으로 흘러들어오는 아침햇살이 특히나 화창한 것 같았습니다. 하루야스는 자신이 세상에서 가장 행복하고 가장 훌륭하다고 생각되었습니다. 작은 책가방을 집어 들고는 힘차게 다녀오겠습니다고 인사하고 뛰어나갔습니다.

동화

오색 성

아오야마 고우조青山弘城

　헤이키치平吉는 너무나도 날씨가 좋아서 툇마루에 나와 '후우후우' 하고 비눗방울을 만들면서 놀았습니다.

　만든 비눗방울마다 모두 완벽하게 부풀어 올라 오색으로 아름답게 빛나며 바람이 없는 조용한 하늘 밑으로 떠올랐습니다.

　"재미있다. 재미있다." 헤이키치는 시간이 가는 것도 잊어버리고 기뻐하고 있었습니다.

　순간 대나무관 끝에 지금까지보다 더 큰 오색 방울이 눈부실 정도로 아름답게 반짝반짝 빛나면서 점점 부풀어 올랐습니다.

　헤이키치가 온힘을 다해 '후우 후우' 비눗방울을 불어서 정말로 놀랄 만큼 커졌을 때였습니다.

　이제는 터질 거라고 여기던 오색 방울이 그대로 둥실둥실 맑은 하늘 너머로 날아갔습니다.

　"와아!! 신기하다."

가만히 아름다운 오색 방울을 눈으로 쫓던 헤이키치가 엉겁결에 외쳤습니다.

놀랍지 않습니까. 점점 위로 날아오르던 방금 전의 비눗방울이 갑자기 쑥 내려오더니 마치 살아있는 것처럼 헤이키치가 서있는 주변을 빙글빙글 돌기 시작했습니다. 그리고 잠시 후 깜짝 놀란 헤이키치를 불러내듯이 그대로 넓은 마당을 지나 문 쪽으로 점점 다가갔습니다.

헤이키치는 조금 불안해졌습니다만 곧 뭔가 생각이 난 듯이 척척 그 뒤를 쫓아가기 시작했습니다.

저 그림책이나 옛이야기에 나오는 활기차고 흥미진진한 많은 일들이 헤이키치가 와주기를 기다리고 있는 것만 같았습니다.

어느새 두려움도 잊은 헤이키치는 둥실둥실 날아가는 오색 비눗방울의 뒤를 쫓으면서 문밖으로 나갔습니다.

길은 외길, 왼쪽으로 돌면 가까운 동네로, 오른쪽으로 돌면 산으로 갈 수 있습니다.

비눗방울은 둥실둥실 공중에 뜬 채 오른쪽으로 돌아서 나무꾼 할아버지 말고는 거의 아무도 안 들어가는 높고 낮은 나무들로 빽빽하게 우거진 산을 향해서 날아갔습니다.

헤이키치도 질세라 열심히 방울을 바라보면서 척척 뛰어갔습니다.

길은 물론이고 계곡도 뛰어넘고 뛰어넘어 하늘을 나는 듯한 기세로 꽤 뛰어갔지만, 어디를 어떻게 갔는지 전혀 모를 만큼 깊고 깊은 산 속에 들어와 있었습니다.

비눗방울은 그래도 전혀 상관없다는 듯이 척척 앞으로 나아갔지만, 어느 큰 바위 앞에 다다르자 두세 번 높고 낮게 크게 흔들리는가 싶더니 헤이키치가 어찌할 바를 모르고 있을 때 바위에 부딪쳐 휙 사라져버렸습니다.

헤이키치는 뭔가 아쉽기도 하고 부끄럽기도 한 기분이 들어 이윽고 제정신으로 돌아왔습니다.

오색 방울이 사라진 그 커다란 바위에 녹초가 돼서 지친 몸을 무심코 기대었을 때였습니다.

"아!! 살려줘……."

몹시 놀란 헤이키치가 외친 목소리가 크게 들렸는가 싶더니 산은 다시 원래의 아무 소리도 나지 않는 고요함으로 돌아갔습니다.

헤이키치는 도대체 어떻게 되었을까요? 그 주변에서는 이제 그의 모습은 보이지 않았습니다.

사라진 것일까요? 그렇습니다. 헤이키치가 바위에 몸을 기대자 몸은 쑥하고 바위에 빨려들어 가버린 것입니다.

헤이키치 본인도 그 뒤에 일어난 일을 잘 모르지만 아무래도 어딘가 어두운 구멍 같은 곳으로 쭉 떨어져 내려가는 것 같았습니다.

꽤 시간이 지나고 나서일까요, 정신이 번쩍 들어서 주위를 둘러보니 놀랍게도 지금까지와는 전혀 다른 넓고 넓은 들판의 푸른 초원 위에 드러누워 있었습니다.

헤이키치는 꿈에서 깨어났을 때처럼 두리번두리번 사방을 둘러보았지만, 문득 뭔가 신기한 것이라도 찾았는지 가만히 그쪽 방향을 바라보고 있었습니다.

"성이다…… 황금 성이다."

정말입니다. 넓고 넓은 초원 끝에는 그림처럼 아름다운 황금색으로 빛나는 성이 보였습니다.

헤이키치는 갑자기 기운이 나기 시작했습니다.

"내가 바라던 대로 정말로 동화 속 나라로 왔는지도 몰라. 매일 밤 꿈에서 본 동화 나라다. 분명히 그럴 거야. 기뻐. 아버지, 어머니, 형, 누나, 여동생, 남동생에게 재미있는 이야기와 신기한 보물을 잔뜩 갖고 돌아가면 얼마나 놀라고 기뻐하실까."

헤이키치는 용기백배였습니다.

여전히 날이 밝은 걸 기뻐하면서 성을 향해 척척 뛰어가기 시작했습니다.

들은 어디까지나 어디까지나 이어져서 좀처럼 성에 다다르지 않았습니다.

하지만 점점 성이 가까워지면서 헤이키치는 그 아름다움에 놀라고 말았습니다.

가슴을 설레면서 성을 바라본 채 번개처럼 뛰어갔습니다.

겨우 그 아름다운 꿈과 같은 황금 성의 문에 도착했을 때에는 날도 완전히 저물어 버렸고 밤하늘에는 은가루를 뿌린 듯이 수많은 별들이 빛나고 있었습니다.

문지기가 없는 걸 다행으로 여기고 성문 안으로 들어간 헤이키치는 어둠 속에서도 황금색으로 눈부시게 빛나는 현관을 보고 꼼짝 못하고 잠시 서있었습니다.

사람이 있는지 없는지, 소리 하나 없이 조용한 성 안으로 두려움도 잊어버린 채 안으로 안으로 깊숙이 들어갔습니다.

들어가도 들어가도 눈부실 정도의 금색 기둥, 금색 벽, 온통 황금으로 만든 그 성의 아름다움에 점점 기분이 나빠질 정도였습니다.

하지만 이제 와서 돌아갈 수는 없었습니다.

척척 안으로 들어가서 드디어 가장 깊숙한 곳인 듯한 어느 한 방 앞에 왔습니다. 들여다본 방이 모두 조용해서 아무도 없는 것 같아 왠지 우스꽝스럽지만 조심스럽게 열쇠구멍으로 방 안을 들여다보았습니다.

"어!! 불이 붙어 있어. 사람도 있네. 머리에서 빛나는 건 황금 왕관이야. 분명히 임금님이실 거야…… 어머, 울고 있는 것 같네. 이상하네."

헤이키치는 중얼거리며 잠깐 들여다보다 마침내 큰맘 먹고 방문을 열었습니다.

"누구냐!!" 묵직한 낮은 목소리가 조용한 방에 흘렀습니다.

"저예요. 헤이키치라고 해요."

"뭐라고…… 헤이키치."

"이 성의 임금님이세요?"

"그렇다."

"왜 혼자서 울고 계시나요?"

"아니, 복잡한 사정이 있어서 그러네. 너 같은 아이에게 말해봤자 소용이 없는 일이지만."

임금님이 슬프게 속삭이듯 말씀하시고는 다시 가만히 입을 다물어버렸습니다.

헤이키치는 임금님이 말씀하신 사정을 너무나도 듣고 싶었기에 동화 속에 나오는 용감한 왕자처럼 자기가 여기에 오게 된 이유나 힘이 되어 도와드리고 싶다는 것을 장황하게 말씀드렸습니다.

임금님은 잠자코 듣고 있다 갑자기 무슨 생각을 떠올린 듯이 말씀했습니다.

"오오 그렇구나. 실은 내가 어젯밤 이런 꿈을 꾸었단다. 신이 나타나셔서 그렇게 슬퍼말아라, 너를 도와줄 용감한 소년을 한 명 보내겠으니 만사를 들려주면 좋을 것이다, 이런 계시가 있었단다. 그 심부름꾼이 소년이라고 말씀하셨는데 그게 너일지도 모르겠구나. 그럼 사정만이라도 들려주겠노라."

헤이키치의 얼굴은 불처럼 빨갛게 달아올랐습니다. 마음이 용기와 설렘으로 가득 찼습니다.

"믿음직한 소년이로구나. 실은 나에게 수많은 훌륭한 신하들도 있었단다. 그뿐이 아니라 정말이지 너무나도 귀여운 공주도 한 명 있었다. 대엿새 전 어느 날 밤에 절대 잊을 수 없는 일이 일어났단다.

갑자기 여기에서 천리나 떨어진 선산에 있다는 오인오색 악마가 쳐들어 왔는데 강한 문도 힘 센 무사도 아무 소용없었단다."

임금님은 그 날 밤의 일이 떠오르셨는지 애석하게 눈물을 뚝뚝 떨구셨습니다.

"무서운 마법을 알고 있는 빨강, 파랑, 노랑, 하양, 검정 다섯 색깔 다섯 명의 악마들은 그 많던 힘 센 신하들을 저기 있는 저것처럼 돌멩이로 만들어 버리더니…… 게다가 나의 가장 소중한 죽어도 헤어지고 싶지 않은 귀여운 공주까지도 납치해 갔는데 들리는 얘기에 의하면 불쌍하게도 공주의 몸이 머리와 손, 몸통, 다리로 네 개로 잘려서 악마들의 궁정 깊숙한 방에 숨겨져 있다고 하네. 그리고 나와 마른 말 한 마리만이 이 넓은 성에 남겨져서 매일매일 죽는 날이 오기만을 손가락으로 세어가며 기다리고 있단다.

아아, 이제 와서 어쩔 수 없는 일이지만 너무나도 분하구나."

조용히 듣고 있던 헤이키치는 그 악마들이 너무나 미워서 자기도 모르게 주먹에 힘을 주고 쥐고 있었습니다.

"임금님, 제가 지금 곧바로 그 선산에 가서 증오스러운 악마들을 모두 죽이고 공주님을 구해오겠습니다.

그 선산이라는 곳은 여기서 어떻게 가면 될까요? 임금님……"

헤이키치는 당장이라도 날아갈 것 같았습니다.

임금님은 깜짝 놀라서 이렇게 말했습니다.

"그건 불가능한 일일세……. 네가 신의 심부름꾼이라고 해도 상대는 무서운 마법을 쓰는 다섯 명의 악마라네……. 나는 포기했다네."

"왜 그러세요, 임금님. 전 신이 보낸 사람입니다. 신께서 항상 절 지켜주고 계시기 때문에 무슨 일이라도 할 수 있어요. 어서어서, 그 악마의 산으로 가는 길을 가르쳐주세요."

헤이키치는 답답해서 열심히 재촉했습니다. 아무리 말려도 들을 거 같지 않자 임금님도 결국 이렇게 말했습니다.

"그 산은 여기에서 서쪽으로 곧장 천 리 밖에 있는 오색으로 빛나는 아름다운 성이라고 들었네. 그리고 성으로 가는 길에는 빨강, 노랑, 파랑, 하양, 검정 다섯 명의 악마와 같은 색을 한 다섯 줄기의 강이 흐른다네. 이 강에는 악마의 생명이 담겨있어 어진간해선 넘기가 힘들다네."

"잘 알겠습니다. 부디 걱정 마십시오. 반드시 공주님을 구해서 돌아오겠습니다.”

헤이키치는 만류하는 임금님을 힘차게 뿌리치고 오로지 사과 세 개를 도시락삼아 마른 말 한 마리를 받아 올라타고는 즉시 신의 과호를 빌면서 때마침 밝아오는 아침 햇살과 함께 곧바로 천리산을 향해서 출발했습니다.

이번에도 운 좋은 날을 맞이하길 기대하며 아름다운 황금 성과의 잠시 동안의 이별을 아쉬워하면서 뒤돌아보고 뒤돌아보면서 말을 달렸습니다.

그날도 거의 날이 저물어 갈 때쯤이었습니다. 그토록 지기 싫어하는 헤이키치도 마음이 초조해져서 생각만큼 나아가지 못했습니다. 게다가 가야 할 곳은 천리의 산 너무나 뜬 구름 잡는 일이었습니다. 마시지도 먹지도 않고 계속 달리던 헤이키치는 살짝 풀이 죽었지만 마른 말을 달리다가 문득 길 앞쪽에 너덜너덜한 옷을 입은 할아버지를 발견하였습니다. 왠지 몹시 괴로워하고 있는 것 같았습니다.

마음이 급했지만 친절한 헤이키치는 그대로 내버려 둔 채 지나가는 소년이 아니었습니다. 다정하게 곁에 다가가서 이것저것 물어봤습니다.

“오오, 배가 고파서…… 도저히 못 참겠다……. 당장이라도 죽을 것 같아, 빨리 빨리 뭔가 먹을 것 좀 다오…….”

할아버지는 당장이라도 숨이 넘어갈 것처럼 신음하였습니다.

헤이키치는 할아버지가 매우 불쌍했습니다. 그래서 단지 세 개밖에 없는 소중한 사과를 아낌없이 모두 주었습니다.

할아버지는 맛있는 듯이 아그작아그작 바로 먹는 듯싶더니 이제와는 완전 다르게 건강한 할아버지로 변했습니다.

"아아 맛있구나. 하하하하, 너는 참으로 친절한 아이로구나. 덕분에 나는 이렇게 건강해졌다. 아주 바빠 보이는데 너는 지금부터 어디로 갈게냐?"

헤이키치는 할아버지에게 자세하게 이야기했습니다.

"뭐라고!! 천리산으로…… 그 오인오색의 악마를 물리치러 간다고. 대견하고 훌륭하구나. 하지만 너에게는 어렵겠구나."

할아버지는 싱글싱글 웃으시면서 뭔가를 생각하고 계시다가 갑자기 말을 타고 가려는 헤이키치를 불러 세웠습니다.

"오오, 기다려봐라, 기다려봐. 나는 조금 전의 사과에 대한 은혜로 너에게 좋은 사실을 알려주마. 중요한 일이니 잘 듣고 잊지 않도록 해라. 이걸 받아라. 이것은 신기한 마술 망토다. 이것을 입으면 단번에 몇 천리를 날아서 곧장 갈 수 있단다. 그리고 또하나 이 다섯 구슬…… 이것은 너도 임금님한테서 이야기를 들었겠지만 성에 닿을 때까지 다섯 명의 악마들의 생명을 담은 무서운 빨강, 파랑, 노랑, 하양, 검정의 순서로 다섯 줄기의 강과 마주치게 될 것이다. 그 다섯 강에 도착하게 되거든 이 다섯 구슬을 하나씩 꺼내 '생명이여, 옮아오라.'라고 세 번 말하면서 던져서 넣어라. 그리고 구슬에 악마의 생명이 옮아오면 구슬들이 빨강 강에서는 빨간색으로, 노랑 강에서는 노란색으로 변할 것이다. 같은 일을 다섯 번 되풀이한 후에 이 다섯 구슬이 빨강, 파랑, 노랑, 하양, 검정 색으로 바뀌면 조심스럽게 그것을 갖고 성으로 향하거라.

그리고 또 하나 각각 네 개로 잘린 공주님의 몸은 다섯 강의 오색 물로 씻어 주거라. 분명히 훌륭한 몸이 될 것이다. 그 후의 일은 공주와 잘 상의하도록 해라."

할아버지는 이렇게 말을 장황하게 늘어놓더니 갑자기 펑하고 연기가 나면서 그대로 어디론가 사라지셨습니다.

헤이키치가 번득 정신을 차리고 보니 할아버지가 서 계셨던 자리에 구슬 다섯 개와 낡은 망토 하나가 놓여 있었습니다. 헤이키치는 너무 기뻐서 말이 나오지 않았습니다.

"아마도 방금 할아버지가 신이셨을 거야. 나를 구해주기 위해서 할아버지 모습으로 나타나신 거야."

점점 용기가 솟은 헤이키치는 망토와 구슬 다섯 개를 집어 들고 곧바로 하늘을 나는 망토를 살짝 걸쳤습니다. 신기하다 신기해. 헤이키치의 몸이 가볍게 망토에 감싸이더니 넓은 하늘을 훨훨 날아갔습니다. 그 속도가 얼마나 빨랐던지 실로 눈에 보이지 않을 정도였습니다. 과연 할아버지가 말씀하신대로 순식간에 가장 먼저 빨간 색의 물이 흐르는 커다란 강 위까지 왔습니다.

헤이키치는 일단 내려와서 망토를 거기다 벗어놓고선 갖고 있던 구슬 하나를 조심스레 꺼내서 "생명이여, 옮아오라." 하고 크게 세 번 외치고 물 위로 던졌습니다.

펑하고 소리가 나는 듯하더니 어느 샌가 새빨갛게 변한 구슬이 헤이키치 손에 쥐어져 있었습니다.

헤이키치는 매우 기뻐하면서 다시 망토를 입고 날아가기 시작했습니다. 조금 더 가니 파란물이 흐르는 강에 도착했습니다.

여기서도 똑같이 반복해서 파란 구슬, 이어서 노란 강에서 노란 구슬, 또 잠시 가다 하얀 강에서 하얀 구슬, 맨 마지막에 검정 강에서 검정 구슬로. 다섯 구슬은 빨강, 파랑, 노랑, 하양, 검정 다섯 색의 구슬로 쉽사리 변했습니다.

이렇게 악마의 목숨이 담겨진 구슬을 조심스럽게 들고서 헤이키치는 기뻐서 덩실거리며 아무런 어려움 없이 무서운 다섯 강을 건너 드디어 오색으로 빛나는 성을 향해서 하늘을 날아갔습니다. 얼마 안 있어 오색 빛 찬란한 아름다운 악마의 성에 도착했습니다.

하늘을 날아가는 헤이키치에게는 묵직한 성문도 어렵지 않게 뛰어넘어서 가장 안쪽에 있는 궁궐 지붕에 내렸습니다.

그리고 두근거리는 가슴을 진정시키면서 구슬 다섯 개를 품에 꼭 집어넣고 드디어 오색 궁궐에 들어갔습니다.

사방이 오색 빛으로 빛나는 아름다운 성에 헤이키치는 자기도 모르게 넋을 잃고 바라보고 있었습니다. 이 얼마나 훌륭하고 아름다운 성인가. 바로 그때였습니다. 헤이키치가 온 것을 어떻게 알았을까요? 빨강, 파랑, 노랑, 하양, 검정 다섯 색깔을 한 다섯 명의 악마들이 우르르 헤이키치를 에워싸 버렸습니다.

너무나 갑작스러운 일인지라 헤이키치는 몹시 놀랐습니다.

큰일났다고 생각했지만 바로 마음을 진정시키고 한 바퀴 돌며 다섯 명의 악마를 둘러보았습니다.

머리끝부터 발끝까지 빨강, 파랑, 노랑, 하양, 검정색인 악마들은 올려다볼 만큼 큰 남자들이고 보통 아이라면 한 번 보고도 그 무서움에 정신이 아찔해집니다. 헤이키치에게 서서히 위험이 닥쳐옵니다.

맨 먼저 빨강 악마가 헤이키치를 잡으려고 했습니다.

그리고 그 무서운 손가락이 작은 몸을 꽉 잡았을 때였습니다. 헤이키치의 안주머니에 있던 다섯 구슬 가운데 그 악마와 같은 색인 빨간 구슬에서 빛이 나오더니 눈에 보이지 않을 만큼 빠른 속도로 번쩍하고 그 악마를 쏘았습니다. 악마는 '앗' 하고 말할 새도 없이 바로 하얀 연기가 되어 사라졌습니다.

다음에는 파란 악마와 노란 악마가 함께 달려들었습니다. 신기하게도 이들 또한 생명의 구슬에서 빛이 나와 둘을 쏘는가 싶더니 바로 하얀 연기가 되었습니다.

헤이키치는 왠지 재미있었습니다. 얄미운 악마들이 자기 몸에

102

닫는 순간 모두 연기가 돼서 사라지기 때문에 혼자 기뻤습니다.

이제 남은 하얀 악마와 검정 악마도 마법도 사용하지 못하고 하얗고 검은 구슬 빛에 곧바로 연기가 되어버렸습니다. 헤이키치는 너무 기뻐서 척척 성 깊숙이 들어가 네 개로 잘려진 공주님의 몸을 찾기 시작했습니다.

잠시 후 네 개로 잘린 불쌍한 공주의 몸을 발견한 헤이키치는 '만세, 만세' 하고 기뻐하면서 커다란 보자기에 꼭 싸서 하늘을 나는 망토를 입고 의기양양하게 귀갓길에 올랐습니다.

오색 악마들이 사라지자 그처럼 오색찬란하게 빛나던 성도 함께 색이 바래서 보기 지저분한 성으로 변했습니다.

헤이키치가 돌아가는 도중, 할아버지께서 일러주신 대로 다섯 색깔의 강물로 공주님의 몸을 씻었는데 과연 어떻게 됐을까요?

이루 말 할 수 없이 아름답고 단아한 원래의 다정한 공주님이 되셨습니다.

공주님도 헤이키치도 서로 손을 마주잡고 눈물이 날만큼 기뻤습니다.

신하를 살려줄 오색 강물을 선물로 담아서 둘은 하늘을 나는 망토로 꼭 감싸고 천리 길을 한 걸음에 날아 황금색으로 빛나는 그리운 성에 도착했습니다.

기다리고 계셨던 임금님은 꿈인양 기뻐하시면서 공주님과 부둥켜안고 기쁨의 눈물을 흘리며 엉엉 우셨습니다. 돌로 변했던 많은 신하들도 오색 물을 끼얹자 곧 꿈틀꿈틀 원래대로 힘세고 충성심 강한 신하로 돌아왔습니다.

황금성은 지금 기쁨의 목소리로 터질 것만 같습니다. 헤이키치도 매우 기뻤습니다.

이틀 사흘 놀고 지내던 헤이키치는 어느덧 아버지, 어머니, 형, 누나, 남동생과 여동생이 갑자기 그리워지기 시작했습니다.

더 있다 가라는 황금성 사람들에게 작별을 고하고 들 수 없을 만큼 진기한 보물을 선물로 받아 하늘을 나는 망토를 입은 채 한동안 잊고 지냈던 그리운 집으로 돌아갔습니다.

집안사람들은 불쑥 돌아온 헤이키치의 무사한 모습을 보자 꿈만 같다며 기뻐했습니다.

매우 걱정하셨던 것 같습니다. 헤이키치가 갑자기 안 보이게 되었으니까요. 매일매일 여기저기 찾아다녔지만 전혀 알 수 없었기에 어쩌면 죽은 건 아닐까 싶어 이루 말 할 수 없이 슬퍼했다고 합니다. 하지만 용감한 헤이키치는 살아서 아주 건강하고 진기한 보물과 재미있는 이야기보따리를 잔뜩 가지고 무사히 돌아왔습니다. 그 후 헤이키치의 집은 점점 부자가 되었고 즐거운 웃음소리가 언제나 하늘 높이까지 울려 퍼졌다고 합니다. (끝)

인마人馬

유한익柳漢益

옛날 옛적 어느 절에 세 명의 스님이 살고 있었습니다. 한 명의 스님은 매우 착해서 열심히 수행에 임하고 자애심이 깊은 사람이었습니다. 하지만, 나머지 두 스님은 그다지 좋은 사람들이 아니어서 나쁜 짓만 일삼고, 살아있는 것들을 아무렇지도 않게 죽일 정도로 나쁜 스님들이었습니다. 이 세 스님들이 함께 여러 나라를 다니면서 수행을 하게 되었습니다. 어느 날 언제 어디서 길을 잘못 들어섰는지 산속에서 길을 잃고 말았습니다. 가면 갈수록 점점 깊고 깊은 산길을 헤매는 바람에 원래 장소로 돌아갈 수가 없었습니다. 그러던 와중에 날이 점점 저물어 길이 어두워졌습니다. 조바심을 내면 낼수록 오히려 더 길을 잃게 되어 끝내 사람의 발걸음이 닿지 않는 깊은 산속의 계곡 깊숙이 들어가 버렸습니다. 이제는 길도 없는 풀 속을 막 헤집고 들어갔는데 평평한 곳이 툭 튀어 나왔습니다. 자세히 보니 사람이 사는 집인 듯

담 같은 것이 있고 안에는 사람이 살고 있는 것 같았습니다. 스님들이 부처님이라도 만난 듯 기뻐하며 성큼성큼 안으로 들어가 보니 과연 거기에는 집이 한 채 있었습니다.

하지만 잘 생각해 보니 이렇게 사람 냄새 하나 나지도 않는 깊은 산 속에 누군가 살고 있다는 게 이상한 일이기 때문에 분명 인간이 아니라 귀신이 변했거나 아니면 여우나 너구리16)가 변신한 게 아닌가 하는 생각이 들어서 살짝 기분이 안 좋아졌습니다. 그래도 착한 스님이 말했습니다.

"우리는 나쁜 사람들이 아니라 수행을 하는 자니까 괴물이라도 상관없습니다. 무엇보다 너무 힘들어서 한 발짝도 움직일 수 없는데다 배도 고프니 어쨌든 올라가서 쉬게 해 달라고 합시다."

나쁜 스님 두 명은 매우 기분이 나빴지만 어찌할 도리가 없었기 때문에 그 집에 가서 문을 똑똑 두드렸습니다. 그러자 안에서 "뉘신가?"라며 예순 살 쯤 되는 할아버지 스님이 나오셨습니다. 뭔가 물어뜯을 것 같은 무서운 얼굴을 한 스님이셨지만 이제와서 어쩔 수가 없어서 세 명은 집안으로 들어갔습니다. 그러자 주인 스님이,

"자네들 배가 고프겠군."

하고 말씀하시면서 맛있는 음식을 쟁반에 올려 내오셨습니다. 음

---

16) 일본에서는 예부터 여우나 너구리가 사람으로 모습을 바꾼다고 여겨지고 있었다.

식은 아주 맛있었고 주인도 생김새와 달리 친절하신 것 같아 세 명은 매우 안심하며 배불리 먹었습니다. 저녁식사를 마치자 주인 스님이 손뼉을 치면서 "여봐라." 하고 누군가를 부르자 또 한 명의 역시 무서운 얼굴을 한 스님이 나왔습니다.

무슨 말을 하나 싶더니,

"밥을 먹었으니 그것 좀 갖고 오너라."라고 하셨습니다.

스님은 고개를 끄덕이고 나갔습니다. 도대체 '그것'이 무엇인지 세 명은 궁금하면서도 언짢은 기분으로 무엇을 갖고 오는지 기다리고 있으니 이윽고 방금 전의 스님이 커다란 말의 재갈과 굵은 채찍을 갖고 돌아왔습니다. 그러나 주인이 또,

"이것으로 하던대로 하거라."라고 일렀습니다

'무엇을 한다는 거지' 하고 지켜보고 있으니 갑자기 또 한 명의 스님이 그곳에 앉아있던 세 명 중 나쁜 스님 한 명을 바구니라도 들어 올리듯 아주 가볍게 들어서 마당으로 내던졌습니다. 그리고 갖고 온 채찍으로 그 나쁜 스님의 등을 계속해서 쉰 번을 때렸습니다. 스님은 맞으면서 끙끙 슬픈 소리를 냈습니다만 나머지 두 사람은 아무것도 할 수가 없어서 서지도 앉지도 못하고 안절부절 하고 있을 뿐이었습니다. 그러는 사이 결국 쉰 대를 다 때리고 나자 이번에는 옷을 벗겨서 맨몸에 또 쉰 대를 때렸습니다. 정확히 백 대를 때렸을 때, 그래도 점점 약하게 벌레 우는 듯한 소리로 끙끙거리던 스님이 갑자기 큰 소리로 '힝힝' 하고 말

이 우는 듯한 소리를 냈습니다. 그 순간 얼굴이 갑자기 길어지더니 말 같은 얼굴이 되었습니다. 나쁜 스님은 점점 말로 변하며 꼬리가 나오고 손발로 땅바닥을 딛고 훌쩍 서더니 어느새 사지는 훌륭한 네 개의 발이 되어 모래를 차고 있었습니다. 그것은 어디를 보아도 진짜 말이 틀림없었습니다.

도깨비 스님은 그 말에 재갈을 물리고 줄에 묶어서 마구간으로 끌고 갔습니다. 나머지 두 사람은 눈앞에서 자기 동료가 말로 변했기 때문에 자기들도 조만간 똑같은 일을 당할 거라는 생각에 새파란 얼굴로 살아 있지 않은 듯한 기분으로 부들부들 떨고 있었습니다. 그러자 방금 전의 도깨비 스님이 다시 돌아와서 이번에는 두 번째 나쁜 스님을 마당으로 끌고 나가 방금 전과 똑같이 채찍으로 백 대를 때렸고 이번에도 나쁜 스님이 말로 변해서 '힝힝' 하고 울면서 네 발로 섰습니다. 그때 도깨비 스님이 채찍을 내던지면서 "아아 피곤하군요. 잠시 쉽시다."라고 말하며 땀을 닦자 주인 스님도 "어디 밥이나 먹고 올까." 하고 말하며 일어섰습니다. 그리고 가면서 혼자 남아 떨고 있는 착한 스님을 무서운 눈으로 노려보며,

"거기 가만히 있거라. 곧바로 돌아올 테니."

하고 말하며 도깨비 스님과 안으로 들어갔습니다. 스님은 마음속으로 열심히 부처님께 기도를 드리면서 '어떻게 하면 도망갈 수 있을까, 애써 도망가도 붙잡혀 죽으면 똑같은 일이고, 붙잡히지

않더라도 이 깊은 산속에서 도망가다 길을 잃고 쓰러져 죽을 뿐이야.'라고 생각하면서 꾸물대고 있으니 주인 스님이 불쑥 말을 걸며 "뒷 쪽 논에 물이 있느냐?"며 물어보았습니다. 스님이 조심조심 일어서서 문을 열고 뒤편을 보니 거기에 깊은 논이 있고 물이 가득 넘치고 있었습니다. '저 깊은 물웅덩이 속으로 우리들을 밀쳐 넣어서 죽이려고 하는 건 아닌가.' 하고 혼자 기분이 언짢은 채 돌아와서 "논에 물이 있습니다."라고 대답했습니다.

　도깨비 스님이 "그래."라고 대꾸하고 다시 아작아작 뭔가를 씹는 먹는 소리가 났습니다. 꽤나 대식가인 듯 실컷 먹거나 마셔서 배가 불러오자 두 도깨비는 모두 드르렁드르렁 크게 코를 골면서 잠들어버렸습니다. 도깨비들의 코고는 소리를 듣자 스님은 '휴우' 하고 한숨을 내쉬면서 도깨비들이 자고 있는 사이에 도망갈 생각을 하며 이미 깜깜해진 산길을 무턱대고 달려갔습니다. 얼마 지나지 않아 저쪽 편으로 울창하게 나무가 우거진 곳에 오도카니 불빛 하나가 보였고 거기에 집이 있었습니다. 이번에도 또 도깨비 집이 아닐까하고 기분 나빠하면서 조용히 그 앞을 지나서 달려갔습니다. 그러자 뒤에서 "여보세요. 어디를 가시나요?" 하고 다정한 여자 목소리가 들렸습니다. 스님은 깜짝 놀라면서 뒤돌아보자 젊은 여자였기 때문에 조금 안심하고 "길을 잃은 수행자인데, 두 명의 동료를 잃었습니다."라고 말하면서 방금 전에 일어난 신기한 일을 남김없이 모두 말했습니다. 그러자 여자는 매우 안

타까워하며 "실은 제가 그 도깨비의 딸입니다. 오랫동안 당신과 같은 불쌍한 사람을 봐와서 알고 있습니다. 하지만 어떻게 도와 드릴 수가 없군요. 하지만 당신이 참 안됐기에 살려드리고 싶습니다. 조금 있으면 도깨비가 여기까지 쫓아올 것입니다. 조금이라도 더 빨리 도망가세요. 여기서부터 1리만 더 가면 제 여동생이 있습니다. 여기 제 편지를 드릴게요."

라고 말하며 편지를 써주었습니다.

스님은 여러 번 감사의 인사를 하고 편지를 받아들고 다시 다리에 힘이 다할 때까지 뛰어갔습니다. 과연 1리 정도 가니 소나무가 자라는 산이 있고 그 산 그늘에 집이 있었습니다. 거기에 들어가서 편지를 보이니 젊은 여자가 나와서,

"사정이 딱하니 살려드리겠습니다. 하지만 아쉽게도 지금은 때가 좋지 않군요."

라고 말하면서 신기한 듯이 보고 있는 스님을 갑자기 벽장 위에 숨겨버렸습니다. 잠시 후 어디선가 피비린내 나는 바람이 불어오고 왁자지껄 사람 목소리가 들려왔습니다. 곧이어 들어왔는데 그것 또한 무서운 얼굴을 한 도깨비였습니다. 그리고 들어오자마자 코를 킁킁 거리면서,

"킁킁, 사람 냄새가 난다. 사람 냄새가 나."

하며 소리 질렀습니다.

"바보 같은 소리 하지 마세요. 분명히 짐승 냄새를 착각하고

있는 거예요.”

하고 여자가 말하며 말이나 소의 생생한 고기 덩어리를 잘라주니까, 도깨비는 '후후' 거리면서 잔뜩 먹고 마신 후,

"아아, 배가 부르네. 하지만 아무래도 역시 사람 냄새가 나는 것 같아. 당장이라도 찾아내서 잡아먹어야겠다.” 하면서 다시 어디론가 가버렸습니다.

그 사이 스님은 벽장 안에서 오직 부처님께 기도드리면서 부들부들 떨며 시종 엿보고 있었습니다. 그때 여자가 벽장문을 열어 스님을 꺼내주었습니다.

"자아, 빨리 도망가세요.”

스님은 손을 모아 절을 한 다음 굴러가듯이 도망갔습니다. 산속 길을 3리 정도 정신없이 뛰어갔나 싶었을 때 하늘이 점점 밝아오고 아침이 왔습니다.

그때 스님은 어느새 마을 속으로 들어와 있었습니다. 집집에서는 한가로운 아침 연기가 모락모락 올라오고 있었습니다. (완)

동화와 교육

미가지리 히로시三ヶ尻浩

1. 동심의 계배啓培

'세 살 버릇 여든까지 간다.'

철없이 엄마 젖을 빠는 젖먹이일 때 이미 평생을 좌우할 심적 요인이 만들어지고 있음에도 불구하고 전후 수년간은 아무 주의도 기울이지 않고 지내는 것이 일반적이다.

올해 네 살 된 아이의 엄마가 어느 승려에게 물었다.

"이 아이의 교육은 언제부터 시작하는 것이 좋겠습니까?"

승려가 대답한다.

"사람의 교육은 아기가 첫 미소를 지을 때부터 시작해야 하오. 당신은 어째서 지금까지 4년을 헛되이 보냈소?"

이 이야기는 스마일스Samuel Smiles[17]가 『인격론』에서 우리들에게 가르치는 바이다.

정신분석학의 시조인 프로이트Sigmund Freud[18]는 "한 인간의 태어나서 첫 3, 4년은 미래의 심적 생활에 있어서 생명적 의의를 갖고 있다."라고 말하였고 빌러Charlotte Bühler[19]도 "아동생활의 맨 처음 5년간은 아동의 성격 및 외계에 대한 태도를 형성하는데 가장 중요한 시기"라 말하고 있다.

생각건대 유전 다음으로 중요한 인생의 초석은 어머니나 유모 등에 업혔을 때의 무의식적 감화에 있다고 본다. 독일의 대문호인 괴테Goethe와 실러Schiller의 우열에 관해서는 예로부터 여러 논의가 있어 왔다. 실러가 가난한 의사의 아들로서 언제나 그 문학적 맹아를 저지당하는 처지에 있었던 것에 비해, 괴테는 그 지방의 최고급 가정에서 태어나 안팎으로 온갖 고귀한 문예적 분위기를 누렸고 열여섯 살에는 이미 각 분야의 교양이 거의 완성되어 문아文雅한 신사였다고 하는, 그 어린 시절의 환경이 부지불식간에 얼마나 큰 영향을 주었는가를 알 수 있다.

---

17) 새뮤얼 스마일스(1812~1904) : 영국의 저술가로 사회개량가로도 활약했다. 대표작 『자조론Self Help』(1859)에 이은 두 번째 저술 『인격론Character』(1871)에서는 끊임없는 노력과 성실한 마음가짐이 성공에의 지름길임을 실감케 해주고 교우 관계, 독서, 본보기는 물론 결혼과 가정생활에 대해서도 서술하고 있다.

18) 지그문트 프로이트(1856~1939) : 오스트리아의 정신과 의사로, 정신분석의 창시자.

19) 샬로트 빌러(1893~1974) : 독일, 오스트리아, 미국에서 활약한 여성심리학자. 아동, 청년의 정신발달연구에 공헌함. 저서로 『아동과 청년Kindheit und Jugend』 (1928), 『인생의 도정The Course of Human Life』(1968)이 있다.

　　동심에는 이미 가치 있는 여러 경향의 본원本源이 내재되어 있
고 그것을 올바르게 키움으로써 예술과 과학, 종교 등이 더없이
자연스레 생겨난다는 것은 다음의 동요를 보면 명백하다.

　　　　굴뚝에서
　　　　연기가 뭉개뭉개
　　　　달님이
　　　　더러워져요

　　이것은 네 살인 히라이 미쓰코平井充子 양의 동요다. 또한,

　　　　편지를 보냈어
　　　　달님에게 보냈어
　　　　춥죠
　　　　달님!

　　이것은 유치원에 다니는 고바야시 쇼코小林章子 양의 동요인데
얼마나 천진난만한 동심이 만물과 교류하고 교감하는지를 알 수
있다. 고바야시 쇼코 양의 또 하나의 동요,

　　　　피리야 왜 구멍이 뚫려 있니
　　　　그 구멍으로 바람이 들어가면 춥지

그래서 춥다고
울고 있는 거지

이렇게 천진난만한 동심이 사무치게 사람을 감동시키고 사랑스럽기 이루 말할 수 없는 고아한 정취에 놀란다. 이것이 인심과 자연의 떡잎과도 같은 상태인 것이다. 달과 꽃을 말하고 기쁨과 슬픔의 정도 함께 하는 것이 아이의 마음이다.

밝은 달을 따달라고 우는 아이런가

아직 과학적 구속에 얽매이지 않은 아이들의 의욕은 가능과 불가능이라는 것을 초월하고, 무엇이든 구현하고 싶지만 하늘을 난다고하는 천진난만한 공상이 비행기를 발명하고 미지의 세계를 동경한 것이 콜럼버스의 신대륙 발견의 요인이 된 것을 생각한다면 아이 마음의 구속 없는 자유로움과 대담함은 오히려 경이롭고 존중해야 할 것이다. 아이들이 사는 세계에는 고통이 없고 근심이 없다. 힘든 노동과 고생마저도 유희화하여 즐겁게 그것을 성취시키는 그들이야말로 진정 경이로운 자들이 아니겠는가.

오늘날의 아동이 일반적으로 교육을 받고 문화의 혜택을 누릴 수 있게 된 것은 실로 대단한 행복이다. 하지만 쓸데없이 신경이 예민해지고 경쟁심이 자극 받아 공리심과 이지심만이 자라나고,

반면 진정한 인간다운 정은 돌아보지 않아 자연과 인생을 사랑하는 마음이 자라나지 않을 때, 그들은 단지 고통스러운 세상을 알고 남을 이기는 일만을 아는 것에 그치고 만다. 만약 그들로 하여금 작은 어른이 되는 것으로 충분하다 생각하는 교육이 행해진다면 나는 결코 그것에 만족할 수 없다. 요약해서 말하면,

1. 유열愉悦이 부족하다.
2. 분석적 교육에 빠져 자연, 삶의 모든 것에 있어 유기적인 통일성을 보존시키기 어렵다.
3. 정서나 정조에 의거하는바 적고, 모든 것을 메마른 이성으로 해결하려고 한다.

이와 같은 결함을 지니고 있는 현재의 교육은 귀중한 아동의 품성을 소모시켜 생기 없고 사랑 없는 공리와 경쟁 속에 그들의 인생을 매몰시키고 있다.

어디까지나 의기양양하고 이상에 대해 열의를 버리지 않는 사람을 만들어 내는 날이 와야 우리나라의 교육은 성공하였다고 말할 수 있고 따라서 진정한 행복을 얻을 수 있을 것이다.

지금 우리나라에서는 위 아래로 아동을 사랑해라, 아동을 위해 헌신하라고 하는 수천 수백의 표어가 걸려 있고 무수한 시설과 준비가 갖추어져 있다. 하지만 허울뿐인 것이 많고 인기를 얻기

위한 것에 지나지 않으며, 아동애호를 미끼로 한 것이 적지 않다. 아동의 신성을 부르짖는 것이 자기 입에 풀칠하기 위해서 라는 현상을 보는 것도 결코 드물지 않다.

실로 아동을 이해하고, 실로 아동의 향상과 행복을 위하는 것은 이러한 자들이 아니다. 말이 없으신 자애로운 어머니, 이름 없는 교육가는 실로 그들과는 비할 바 없는 이해자이며 지도자이다. 하지만 나는 여기에 또 하나 그들의 진정한 친구로 동화를 추천하고자 한다.

2. 동심의 동화

북극에 가까운 추운 지역의 길고 긴 겨울 동안, 이 지역 주민들은 훨훨 타오르는 난롯불에 빨갛게 볼을 물들이면서 밤이면 밤마다 늙은이의 옛이야기에 흥미진진하게 귀를 기울인다.

열대 야자나무 잎사귀 그늘에서 저녁 무렵의 선선함을 느끼는 토민들의 입술에서는 깊어가는 밤과 함께 진귀한 견문담이나 야수 사냥의 공훈담이 그칠 줄 모르고 이야기되어지고 있다. 이들 미개한 백성과 많은 유사성을 지니고 있는 아동들의 마음에 이 다양한 이야기가 무엇보다 환영받는 것도 무리는 아니다.

이렇듯 그들은 무엇보다도 이야기를 좋아한다. 그들에게 있어 더할 나위없는 마음의 양식이고 유열이며 영혼을 성장시켜주는

117

것이다. 아동의 마음은 모든 동화 속에 들어 있어 동화를 보면 되살아나 동심의 모습을 볼 수가 있다. 동화로 인해 제시되는 아동의 마음에 대해서 두세 가지 언급하고자 한다.

1. 생활감. 이야기를 듣고 있는 아동은 이야기 속의 인물과 함께 산다. 즉 공감대를 갖기 위해서 이야기 속의 주요인물은 어린이고 어린이의 동감을 불러일으킬만한 줄거리의 발전을 필요로 하는 우라시마타로浦島太郎,20) 모모타로桃太郎21) 등이 그 실례이다.

2. 신비함을 좋아함. 그들의 욕구는 현실세계의 다양한 법칙을 뛰어 넘어 공상세계의 아득히 먼 저편에서 논다. 따라서 인간의 힘 이상의 신비함이 작용한다는 것은 그들에게 만족을 준다는 의미에서 필수적이다. 우치데의 고쓰치打出の小槌,22) 절구,23) 꽃피우는 할아버지의 재花咲爺の灰24) 등은 그 좋은 예이다.

---

20) 거북을 살려준 덕으로 용궁에 가서 호화롭게 지내다가 돌아와 보니, 많은 세월이 지나 친척이나 아는 사람은 모두 죽고, 모르는 사람뿐이었다는 전설의 주인공.

21) 복숭아에서 태어났다는 동화의 주인공. 개, 원숭이, 꿩을 거느리고 오니가시마鬼が島로 도깨비 사냥을 간다.

22) 무엇이든지 원하는 물건의 이름을 부르면서 치면 그것이 나온다는 전설의 작은 방망이.

23) 「원숭이와 꽃게 싸움猿蟹合戰」에서 밤, 절구, 벌, 소똥, 식칼이 꽃게의 자식들을 도와 교활한 원숭이에게 복수한다는 이야기.

24) 마음씨 좋은 할아버지가 나무에 재를 뿌리면 꽃이 피어 장군의 환심을 사지만 마음씨 나쁜 할아버지가 나무에 재를 뿌리니 장군님 눈에 재가 들어가 화를 입는다는 옛날이야기에 나오는 재.

3. 활동성, 모험성. 생기발랄한 그들의 마음은 끝임 없이 파도가 일고 끝임 없이 춤춘다. 정지는 금물이고 위험을 돌파하는 용감한 태도는 무엇보다 그들에게 환영받는다.

4. 사물의 인격화. 현실세계에서 초목과 이야기하고 토석과 함께 웃으며 작은 새와 즐겁게 노는 것은 어른들에게는 불가능한 일이다. 이러한 부자유가 동화 세계에서는 완전히 제거된다. 개와 꿩, 밤과 절구하고도 이야기한다. 말과 대화를 나누고 나뭇잎도 아이들에게 속삭인다.

5. 감각기관의 인상印象. 아이들은 지극히 적은 경험밖에 없기 때문에 추상적이고 사색적인 사항은 쉽게 받아들이기 힘들다. 되도록 눈앞에서 느끼는 몸짓, 듣기 좋고 강한 인상을 주는 음성, 흉내, 모든 의성어 등 그 감각기관을 생생하게 두드리는 자극은 동화를 이야기하는 자들의 잊어서는 안 될 주의사항이다.

6. 골계적 요소. '웃으면 복이 온다.'라는 말은 자주 듣는 속담이고 품위 있는 웃음은 진정 사람의 마음을 열게 하고 성장시킨다. 마음을 아름답게 발전시킨다. 뛰어난 이야기에는 반드시 웃음의 요소가 그 안에 내재되어 있다. 다음으로는 이야기에 있어서의 웃음의 요소를 들어보겠다.

   가. 반복. 모모타로 이야기 속의 개, 꿩, 원숭이 등이 나와서 일본에서 제일 맛있는 수수경단을 먹고 싶어 한다. 그 반복되는 말투는 흥미의 중심이고 웃음의 원인이다. 솔로몬의 항아리(아라비안나이트)의 어부에서 처음에는 파란 생선, 다음에는 빨간 생선, 마지막에는 황금 생선이 나

타나 그 모든 생선들이 사람의 말을 하고 모두 똑같이 두들겨 맞고 구워진다는 것이 그렇다. 그 외에도 「할아버지 데굴데굴爺さんころころ」25)에서 쥐구멍에 오만가지 것들이 굴러 들어가는 장면, 오쿠니누시大國主26) 설화에서 목숨은 몇 번이고 수사노오미코토素盞鳴尊27)에게 시험 받지만 결국은 이를 극복해낸다는 등, 그 예는 실로 너무 많아서 일일이 셀 수가 없다. 고구마 중사芋軍曹의 이야기에도 돌절구이야기石臼物語28)에도 이러한 예는 있다.

나. 과장된 웃음. 북국의 얼음은 꽤 딱딱해서 어지간한 온도로는 녹지 않는다. 이 추운 나라의 불이 얼어버려서 이것을 남쪽 따뜻한 나라로 가지고 가자 안과 밖의 따뜻함이 하나가 되어 '확' 하고 타오르기 시작했다. 신장이 육척 팔촌六尺八寸(약 180센티미터)이나 된다고 하고, 뚱뚱한 사람을 맥주통 같다고 하는, 우스운 이야기 전반에 걸쳐

---

25) 나무꾼 할아버지는 주먹밥과 갖고 있던 물건들이 쥐구멍으로 데굴데굴 굴러 떨어지는 바람에 쥐들에게 그 답례로 보물을 받지만, 욕심쟁이 할아버지는 고양이 울음소리를 내며 쥐들을 위협해서 보물을 얻으려했다가 오히려 쥐에게 물리고 만다는 이야기.

26) 『고사기古事記』, 『일본서기日本書紀』에 등장하는 일본신화 속의 신으로 스사노미코토素盞鳴尊의 아들, 혹은 손자이고 이즈모대사出雲大社의 제신이다.

27) 『고사기』와 『일본서기』에 등장하는 일본신화 속의 신으로 창조신 이자나미노미코토伊邪那美命의 자식으로 바다를 다스리고 난폭한 성격의 신으로 그려져 있다.

28) 일본 민화. 정 많은 형이 원하는 것은 무엇이든 나오는 돌절구를 얻는다. 욕심 많은 동생이 이를 빼앗아 배를 타고 바다로 도망가다 절구에서 소금을 나오게 했지만 멈추는 법을 몰라 소금이 넘쳐나 배는 침몰되고 지금도 바다 속에서 절구가 돌며 소금을 내뿜고 있기 때문에 바닷물이 짜다는 기원설화 중 하나.

주의해야 할 점은 웃을 때에 결코 화자가 웃으면 안 되고 특히 논리정연하게 이야기를 해야 한다.

다. 극단적인 사상의 배합. 어느 마을에서 많은 양의 소금에 절인 생선을 양식하는 연못에 집어넣었다. 얼마 있다 그물을 쳐보았는데 아무 응답도 없더니 조금 있다 장어 한 마리가 잡혔다. 이 장어는 소금에 절인 생선을 먹은 게 틀림없다. 장어를 괴롭힐 방법을 궁리하다 이놈을 다시 연못에 처넣는 것이 좋겠다싶어 연못에 던져버리니 장어는 좋다고 연못 바닥으로 가라앉아버렸다. 또한 게으른 자가 일하지 않고 이익을 얻을 방법을 궁리하여 삶은 콩을 밭에 심어 싹이 나는 걸 기다린다고 하는 것도 이러한 예이다.

라. 그 외 어조. 몸짓 등의 재미가 실재 구연할 때에는 웃음을 자아내는 데 있어서 가장 효과적인 방법이라는 것을 잊어서는 안 된다. 그리고 아동의 동화에 대한 기호嗜好는 그 연령에 따라서 많은 변화를 보인다는 것은 다음 절에서 살펴보겠다.

3. 정신발달 단계와 동화

다음으로 몇 분의 연령에 따른 동화에 대한 아동의 기호 변이를 연구한 것을 약술하고 그 이동異同을 검토해 보겠다.

칠러Tuiskon Ziller[29) · **라인**Wilhelm Rein[30)설

　제1학년 : 동화

　제2학년 : 로빈슨 크루소

　제3학년 : 역사이야기

모이만Ernst Meumann[31)설

　6살 전후 : 현실과 동떨어진 공상

　8살 전후 : 수동적인 것이 발동하게 되어 공상도 그 만

　　　큼 줄어든다.

　10살 전후 : 모험을 좋아하게 된다. 지리역사를 좋아하

　　　게 된다.

위슬러Clark Wissler[32)**설(서적에 대한 기호)**

　동화 : 1학년부터 8학년까지

　시가詩歌 : 7학년 여자아이들이 가장 많고 남자는 8학년생들

　역사나 전기 : 8학년 남자아이, 5학년 여자아이.

---

29) 칠러(1811~1882) : 독일의 철학자이며 교육학자. 헤르바르트Herbart 학파의 대
표자.
30) 빌헬름 라인(1847~1929) : 독일의 교육학자. 헤르바르트 교육학의 교수학적 형
성과 발전에 기여하였음.
31) 에른스트 모이만(1862~1915) : 독일의 교육학자이자 심리학자. 귀납적·실험
적·통계적 방법을 이용한 교육연구를 제창하여 실험교육학을 주장하였다.
32) 클라크 위슬러(1870~1947) : 미국의 인류학자로 40년 동안 뉴욕 자연사박물관
에서 인류학 부분 전시책임자로 일했다. 특정한 문화요소가 있는 지역적 범위
내에는 특징적인 형태를 지닌다는 '문화영역' 개념을 발전시켰다.

오쿠노 쇼타로奧野庄太郎[33]**설**

　　　제1학년 : 그다지 복잡하지 않은 동화나 전기

　　　제2학년 : 내용이 조금 복잡한 동화, 전기 - 신화, 일부
　　　　　　　 역사담.

　　　제3학년 : 신화, 역사담, 전기 등.

　다음으로 캐더Willa Sibert Cather[34] 씨는 이 문제를 이야기에 의
한 교육에서 가장 상세하게 논하고 있다.

1. 음율애호 시기(6세경까지) : 이때까지의 아이들의 지식은 일상
   생활의 범위로 한정되어 있어 공상과 현실과의 구별이 없
   다. 아동의 심적 생활은 지방에 따라서 현저하고 그 내용을
   달리 한다. 이 시기의 아동의 현저한 공통적 특징은 현저한
   음율적 표현을 애호하는 경향이 있고 동물의 울음소리, 흉
   내내기, 소리 등을 즐거워하고 이를 듣고 싶어 한다.

2. 상상확장 시기(7, 8세) : 공상세계, 가상세계가 매우 확대되고
   복잡한 줄거리의 이야기를 좋아하게 된다. 통틀어 탐구성,
   상상성, 감수성 등이 현저하게 강화하는 시기이다.

3. 용력찬앙讚仰 시기(8세부터 11세까지) : 이 시기의 특징으로는

---

33) 오쿠노 쇼타로(1886~1967) : 일본 교육가. 듣기 교재로 옛날이야기가 최적이라
　　고 생각하고 아동연구를 진행하였음.

34) 윌라 캐더(1873~1947) : 미국 여류작가. 피츠버그에서 교직 생활을 하면서 지
　　방주의 문학을 대표하였으며, 개척 시대의 생활과 자연을 소재로 한 작품을 많
　　이 썼다.

용력을 찬미하고 모험을 즐기며 격정적인 사건을 동경하는 한편 이상주의적 현실주의에 마음을 소진한다. 즉, 현실을 잊지 않고 이상의 날개를 펼치는 시기이기 때문에 항상 고상한 정조情操가 마음에서 떠나지 않게 하는 것이 중요하다.

4. 낭만주의 시기(13세 이후) : 취미는 점차 섬세해지고 로맨틱해져 동경하는 기분이 강해진다. 스스로 의식하지 않아도 어느새 성性에 관심을 갖게 되는 시기로 정조생활의 중핵中核은 이 시기에 아주 많이 결정된다. 육체의 강용함과 함께 정신적 우아함이 이야기 속에서 어우러져야 함을 잊어서는 안된다. 이 시기는 점점 역사를 사랑하고, 신화 등도 사랑하는 경향이 있으며 시가(특히 국민적 서사시)에도 관심을 보인다.

오오쓰카강화회大塚講話會35)가 집필한 『이야기하는 방법의 연구話方の研究』에서는 다음과 같이 논하고 있다.

어린 아이를 위한 이야기

A. 아동의 경험 안에서 취재하여라.

B. 각 부분 부분이 재미있게 만들어진 이야기. 때문에 전체적인 통일성은 이 시기의 아동에게는 필요하지 않다. 모모타로 이야기를 보아라. 어느 한 부분을 꺼내보아도 실로 재미

---

35) 1915년 도쿄고등사범학교東京高等師範學校에 설립된 교사들의 구연동화연구회. 이 회는 동교 졸업생으로서 <오토기구락부お伽俱樂部>에 소속해서 구연의 경험을 쌓은 시모이 하루기치下位春吉와 구즈하라 시게루葛原茂에 의해서 결성되었고 본 교생을 회원으로 해서 동화 연구와 실천을 행했다.

있는 구상으로 되어 있지 않는가.

C. 음악적 재료 : 자장가의 의성음. 창가, 동요 등이 들어가 있는 이야기를 가장 좋아한다.

D. 회화적 재료 : 이해와 감흥을 위해서.

E. 동적인 것을 다룬 재료 : 개, 말, 곰, 코끼리 등의 동물, 기차, 비행기 등은 가장 아이들의 기호에 맞다.

F. 작은 것의 이야기 : 소인의 이야기, 일촌법사一寸法師[36])의 이야기 등은 아이들의 호기심을 기쁘게 한다.

G. 가공적 재료 : 아이들은 공상을 매우 좋아하기 때문에 이를 이야기로 만들어 만족을 주는 것이 중요하다. 이러한 이야기는 아동을 너무나 비현실적으로 만든다는 비난도 있을지 모르지만 머지않아 그 구별을 명백히 할 수 있는 시기가 도래하기 때문에 그 점은 절대 걱정할 필요가 없다.

H. 소요시간 : 약 20분 정도가 적당하다.

소년을 위한 이야기

A. 정리된 이야기 : 종잡을 수 없는 비교육적인 부분도 이야기 속에 있으면 그들은 작은 부분이든 큰 부분이든 빠짐없이 기억하기 때문에 전체를 유기적으로 통일한다는 점에서 세련되게 할 필요가 있다.

B. 사실에 가까운 재료 : 공상은 재미있지만 공상 일뿐이라는 것을 알고 현실과 구별하기에 이른다.

---

36) 일본의 옛날이야기에 등장하는 소인小人 영웅.

C. 영웅호걸의 무용담 : 그들은 가까이에 있는 것에서부터 점차 멀리, 과거의 인물에게서까지 숭배의 대상을 찾게 된다. 이 위인 호걸을 숭배하는 경향을 신장시키고 올바르게 인도하는 것은 일생의 방향을 결정하는 데에 있어서 잊어서는 안 될 것이다.

D. 정적 재료 : 이 시기의 아동은 일반적으로 용력을 찬양할 뿐 아니라 사람이 사람다운 아름다움을 발휘하여 소위 인정미에 감동하는 시기이기 때문에 이를 잘 분별해주어야 한다.

E. 소요시간 : 4, 50분까지

이상은 각각 전문가의 입장에서 나온 충분한 연구결과이다. 실로 아동을 경청하게 하고 동심의 계배장양啓培長養에 이바지하기 위해서는 이러한 깊이 있는 주의를 필요로 한다.

4. 동화의 종류

동화라고 하면 곧 옛날이야기(Fairy tales)의 뜻으로 이해하는 것이 종래에는 보편적이었다. 하지만 지금은 아이에게 들려주는 이야기라고 하는 광범위한 의미로 사용되었는데 이 안에 다음과 같은 다양함을 포함시키고자 한다.

1. 유치원 이야기(Kinder-garden tales)
2. 골개담(Humorous tales)
3. 우화(Fables)
4. 옛날이야기(Fairy tales)
5. 전설(Legends)
6. 신화(Myths)
7. 역사담(Historial stories)
8. 자연계이야기(Nature stories)
9. 사실담(True stories)

이처럼 대략 아홉 종류 정도를 동화에 포함시킬 수 있겠으나 어느 책에는 동화의 재료로서 사실담, 역사담, 소설, 전설, 신화, 우화, 옛날이야기, 경험담, 견물담 등을 들고 있는 것도 있다. 나는 앞의 아홉 종류를 일괄해서 동화라고 부르고 있다.

5. 동화의 교육적 가치 및 가치를 발휘하는 방법

A. 아동의 창조적 반응과의 관계
B. 타 방면의 교육과의 관계

동화의 교육적 가치 및 가치를 발휘하는 방법을 이렇게 두 개로 나눠서 좀 더 자세히 고찰하고자 한다.

A. 아동의 창조적 반응과의 관계

아동의 마음은 두드리면 울리는 탄성, 반발력을 갖고 있다. 이야기를 흘려듣는 법은 결코 없다. 우선 교화文話 본능과의 관계를 서술하겠다.

가. 교화본능과의 관계

이야기를 들으면 재미있고 재미있으면 기억한다. 기억한 것은 남에게 전달하고 싶다. 이것이 사람의 본능이다. 잠시도 참을 수 없다. 여기에서 아동은

첫째, 이것을 마음속으로 반복하고 친구에게 이야기해 본다.

둘째, 일부분의 개조를 행한다.

셋째, 개작할 때 자신의 욕구를 실현시킨다.

예를 들어서 모모타로의 이야기를 들은 다음에 이것을 친구에게 들려준다. 그 안에 이야기의 내용을 덧붙인다. 복숭아 다음에 사과도 흘러온다. 만두도 흘러온다. 여기서 개성을 발휘하고 자기구현의 길이 열리게 된다.

나. 탐구본능과의 관계

아동의 마음은 탐구하고자 하는 욕구를 한없이 추구하여 사물에 대한 궁극적인 이해로 이어진다. 주인공의 신상, 부주인공의 처지, 그 외에 바깥세상에서 일어난 일, 무엇 하나 명확하진 않

은 채로 넘어가지 않고 지리와 역사도 추급推及하여 또는 그 결과를 구성해서 형태가 있는 물건을 만들기까지 멈추지 않을 때가 있다.

다. 구성적 본능과의 관계

전쟁 이야기에서는 불꽃 튀기는 포화의 땅을 상상하고 열대토인의 생활을 듣고는 그 조잡한 집을 마음속으로 그린다. 거기에 집을 만들고 산을 쌓아 올려 즉시 형상形狀의 물건을 만들 때까지 멈추지 않고 마음을 표현해 낸다.

라. 예술적 표현의 본능과의 관계

이상, 다양한 본능에 대한 자극은 모두 예술적 표현에 이르고서야 멈출 수 있는 욕구를 갖고 있다. 즉, 소리는 우수한 음악을 표현하고자 하고 모양과 색은 박진감 있는 회화를 그리고자 하며, 나아가 시가 되고 문장이 되어 한 층 더 깊게 사람의 마음을 움직이고, 동요나 극이 되어서는 종합예술의 경지에 다다르고자한다. 이들 고귀한 표현에 이르고자함을 애써 저지하지 말고 끊임없이 암시와 자극을 주어서 이를 올바르게 성장시키는 일이 무엇보다 긴요한 것이다.

B. 타방면의 교육과의 관계

제1. 도덕과의 관계

도덕의 실천에는 이성, 지식만으로는 불충분하다. 이에 더해서 정서와 정조를 촉진시키지 않으면 안 된다. 도덕미를 감득하지 않으면 안 된다. 그리 하였을 때 아동은 강압적인 명령이 없어도 자진해서 선을 행하려 한다. 이에 관해 동요는 아이들을 진정으로 도덕을 즐기게 한다는 의미에서 필수적인 것이고, 동화의 세계에 있어서는 유열과 흥미 속에 아이들은 자신을 발견하고, 선은 잘 살고 악은 파멸한다는 경로를 스스로 터득한다. 보상은 실로 정확하다. 동화에서 도덕으로 향하는 것은 가장 자연스럽지만 주의할 점도 있다.

1. 교훈을 노골적으로 제시하지 말 것.
2. 과실, 덕행 모두 자연스럽고 무리가 없도록 할 것.
3. 정신적 보수를 고조시킬 것.
4. 아동의 심적 발달에 상응할 것.
5. 너무 많은 교훈을 요구하지 말 것.

이렇게 하여 자연스럽게 윤리적 표준을 동심에 침투시켜 마음 속 깊은 곳에서부터 아이들을 움직이게 하고 자진해서 착한 사람이 되게 한다.

제2. 역사와의 관계

역사에서는,

A 과거 사람들의 생활을 이해하고 동정하게 한다.

B 과거, 현재, 미래의 연속적 관계를 확인시킨다.

C 자기 인생에 자극과 암시를 준다.

이것들을 혈육화하고 약동하는 원동력이 되게 하기 위해서는 역시 이를 동화화하지 않으면 안 된다. 그러나 그러기 위해서는 우선 향토적인 이야기를 전국적, 세계적인 것으로 이루게 하고 개인적인 사실史實을 사회집단적인 것으로 옮기고, 군사적인 것과 평화적인 것을 평행시킬 필요가 있다. 전체적으로는 단편적이고 단면적이지 않고 입체적이고 종합적인 이야기로 만들 필요가 있다.

제3. 지리와의 관계

종래의 지리라고 하면 지명의 암기, 기호의 이해라고 하는 형식적이고 메마른 학과라고 여겨졌지만, 방법에 따라서는 꽤 재미있고 또한 실로 육화된 정신교양의 한쪽 길이 될 수 있을 것이다. 그것은 무이해와 미지의 토지와 사람에 대한 자기와의 유사한 관계, 차이 관계 및 자기와의 교섭관계의 연구이기 때문이다.

그렇기 때문에 멀리 떨어져 있는 인류 동포의 생활을 친숙하게 느끼고 배려함으로써 자신의 생명을 거기에 투입시키는 진지한 마음의 움직임을 일으킬 수 있다. 더욱이 세계관을 기르고 인류의 활동에 대한 넓은 동정을 북돋아줄 수 있을 것이다. 하지만 그 지방에 관한 지식을 얻게 되었을 때 그 지역의 유명한 전설도 알게 되어 이를 매개로 하는 것이 가장 효과적이라고 말한다. 예를 들어 라인 강의 전설을 보아라. 일본의 나라 탄생, 나라 세우기의 재미나는 전설을 보아라. 거기에는 그 지역의 실상과 호응하는 상징화의 흔적을 찾을 수 있고 무심한 산하山河에 이루 말할 수 없는 견인력마저 느낄 것이다. 이러한 것들이 때에 따라서 기민하게 사용되어질 때는 그 지방의 상황을 떠올려 기억하는 데 도움을 줄 경우도 적지 않다.

제4. 자연과학과의 관계

진리의 터득, 무미건조한 사실의 나열이 자연과학이라고 생각하지는 않는가. 분석하고 해부하여 나누는 것을 이과 교육의 특징이라고 생각하지는 않는가. 외부 세계를 혼연한 통일된 모습으로 바라보고, 자기 자애의 눈으로 길러야 하는 세계라고 하는 견해가 없어서야 되겠는가.

거기에서 나는 한 점의 여유를 주는 것을 동화교육에서 찾은 것이다.

진리를 왜곡하지 않는 정도에서 미와 심상心象을 주어라. 과도한 인격화를 피하여라. 그리고 분석 후의 통합을 잊지 마라.

이렇게 해서 동화적 취급은 고래의 메마른 이과교육을 구제한다. 마지막으로 잊어서는 안 될 것이 화학과 식물에 있어서도 가끔씩 그 분야에서 열심인 연구자 대가의 연구 일화를 이야기하여 흥미를 증가시키는 일이다. 프랭클린, 에디슨, 뉴턴 등의 사적事跡은 분명 살아있는 교훈이고 연구 상의 지침이다.

제5. 문학과의 관계

천박한 이지주의, 편협한 도덕주의의 화를 입은 우리나라 사람들은 최근에 이르기까지 문학이 유해무익한 것, 사람을 타락시키는 것이라 생각했다. 어찌 알았겠는가, 후지다 도고藤田東湖[37]의 「천지정대의 기운天地正大の氣」[38]이 시이자 문학이고 『태평기太平記』[39], 『일본외사日本外史』[40]도 마찬가지 문학으로서 아무런 피해도 당세에 끼치지 않고 오히려 청년들의 사기士氣의 원천이 되어 마침내 메이지유신明治維新[41]을 촉진하여 대성할 줄이야.

그 외 괴테의 『파우스트』, 밀턴의 『실락원』, 단테의 『신곡』, 메텔링크의 『파랑새』 등 모두 고아한 성품을 육성시키는 데 없어서

---

37) 후지다 도고(1806~1855) : 에도江戶 말기의 유학자.
38) 1845년 11월 후지다 도고가 유배당해 있는 괴로운 상황에서도 일본이라는 나라의 아름다움과 역사상에 등장한 기운을 깊은 감동을 갖고 노래한 것.
39) 작가 미상의 남북조시대의 군기물.
40) 에도말기 라이 산요賴山陽가 저술한 일본역사서. 겐페이源平에서부터 도쿠가와德川 막부의 등장까지 무가성쇠의 역사를 한문체로 기술한 것.
41) 일본 메이지 왕 때 막번체제幕藩體制를 무너뜨리고 왕정복고를 이룩한 변혁과정.

는 안 될 필수의 도서들이고 인간적인 위대함을 촉진시키는 데 있어서 필연의 관계를 갖고 있으며 사람들의 심안을 열게 하는 데 있어서는 고래로부터 한 점의 의문을 갖는 자가 없다.

지금까지 문학을 제공하는 자의 무비판, 오히려 그 좋고 나쁨의 판단력 결여가 무엇보다도 화근이었고 그렇기 때문에 인생파괴라는 현상 또한 생겨난 것이다.

동화 속에서 옛날이야기는 이미 그 자체로 훌륭한 문예적 가치를 가지고 있어 아동에게 문예의 기준을 가르쳐준다는 것은 일찍이 노발리스Novalis가 말하고 있는 바이다. 기쿠치 간菊地寬42)도 동화로 인해서 문예의 기초를 얻었다는 것은 명확히 밝히고 있는 바이고, 영국의 던세이니 경Lord Dunsany43)처럼 신운표묘神韻縹緲한 대문장도 그 심원은 고국 아일랜드의 옛 성지와 고귀한 동화 속에 있다고 한다.

문예의 우수한 상상, 풍부한 정서, 다양한 활동은 동화의 세계에서도 필요하고 사랑받는 것이 아닐까. 역시 동화는 문예를 품고 문예는 또한 동화로서도 우수한 것이다. 문예작품의 개략을 동화로서 제공하고 또는 부분적으로 제공하여 문예적 위인의 생활을 갈망하게 하는 것은 동화로서의 성공이며 문예로의 정진의 첫발을 향하게 하는 것으로서 가장 유효할 것이다.

---

42) 기쿠치 간(1888~1948) : 소설가, 극작가.
43) 로드 던세이니(1878~1957) : 아일랜드 극작가 겸 설화작가.

셰익스피어 혹은 괴테의 생애는 그 자체로 이미 위대한 문예가 아니라고 누가 말할 수 있겠는가. 다키자와 바킨瀧澤馬琴44)이나 세이쇼나곤清少納言45)의 일생도 이루 말할 수 없는 감흥의 원천이다.

6. 동화의 실연實演

A. 선택

동화에도 다양한 형식과 내용, 목적이 다른 것이 있다는 것은 전술한 바와 같다. 아무런 선택도 하지 않고 상대를 고려하지 않고 실연하는 것은 아무런 효과도 득도 없고 실망만이 따를 것이다. 동화의 선택에는 어떠한 기준이 필요할 것인가. 우선 객관적 기준과 주관적 기준이라는 것이 있다. 객관적 기준이란 동화의 성질을 잘 고찰하여 교육적 가치, 문예적 기품 흥미 등의 측면에서 대상물인 동화를 잘 파악하여 어느 정도 판정을 내리고 취사取捨를 하는 것으로 그 조건으로는 듣는 이의 연령, 성별, 인원수 등을 고려할 필요가 있을 것이다. 주관적 기준이란 자신의 성질, 취미, 음성 그 외 기타를 고려하는 것이다.

---

44) 다키자와 바킨(1767~1848) : 에도 출신의 스토리성이 강한 요미혼讀本 작가. 교쿠데이 바킨曲亭馬琴이라고도 함.
45) 세이쇼나곤(966~1025) : 헤이안平安시대의 여류작가, 가인, 수필 『마쿠라노소시枕草子』가 유명하다.

B. 동화의 음미

일개 동화에도 작자의 깊은 고심이 있고 주의를 내포하고 있다. 원작자의 뜻을 충분히 고려하고 이를 살리기 위해서는 그 줄거리, 그 기분을 유감없이 숙지하지 않으면 안 된다.

C. 방법

암시적으로 이야기하고 주입적이지 않을 것. 이야기는 가능한 직접 화법을 사용하고 그 추이를 실감나게 할 것. 인물의 성격을 단순화시키고 심각하게 할 것. 예를 들어 정신상 여러 번뇌와 갈등을 느끼고, 그 개성이 선명하지 않는 어른은 동심과 매우 거리가 있는 자이고, 욕심쟁이는 욕심이라는 한 부분에 철저하게 심각함이 있어야 하며, 정직한 자는 철저하게 정직해야 한다.

- 중심인물의 숫자는 적게 하고 가능한 아이로 하여라.
- 몸짓, 음성 등은 비위에 거슬리지 않을 정도로 사실적으로 한다.
- 전반, 중반, 결말 등 대략의 단락을 붙이고 이를 유기적이면서 자연스럽게 할 것.
- 교훈을 노골적으로 제시하지 말 것.
- 이야기의 줄거리, 목소리의 억양 등에 자연스러운 변화를 줄 것.

그 외 회장, 좌석 등도 있지만 중요한 것은 관리하기 편하고 이해하기에 편하도록 남녀의 성별 등도 고려하고, 화자에 관해 말한다면 음성이 흩어지지 않도록 하는 것이 특히 중요하다.

또한 실연의 연구를 차츰 향상시키기 위해서는 자기반성 및 다른 비평을 연구하여 정리할 필요가 있다.

7. 우리나라 동화

우리나라 동화는 이와야 사자나미巖谷小波[46] 대인의 출현으로 인해서 일대 도약을 이루어 곧바로 세계동화의 지보至寶와 어깨를 견줄 수 있게 되었다. 하지만 이에 대해서는 메이지 다이쇼大正의 성운盛運과 서양문화의 유입이 확실히 그 인과가 되어 발전을 이룩하고 또 그렇게 되도록 하였다.

다음으로 동화집, 이론서, 실제작가의 세 항목으로 나누어서 살펴보겠다.

A. 동화집

이야기를 할 때 가장 고심하는 것은 이야기의 재료이다. 그 제일 권위 있는 것으로는 도쿄고등사범학교[47] 오오쓰카강화회의

---

46) 이와야 사자나미(1870~1933) : 메이지, 다이쇼 시대의 작가, 아동문학가, 가인.
47) 도쿄고등사범학교는 1886년 도쿄시 간다神田구에 설립된 관립 고등사범학교이다.

『실연 이야기집實演お話集』을 들 수 있다. 이것은 약 열 권정도 되며 가장 교육적으로 연구한 결과를 실연에 적용하기 편리하도록 이해하기 쉽게 적어 놓았다.

이와 유사한 것으로 다이쇼대학大正大學의 이야기집도 있지만 이는 한 층 더 세련되어 빛을 발할 것이라고 생각한다.

그 외에 『동화집대계童話集大系』, 『신화 전설 대계神話伝說大系』도 훌륭한 책이다. 사자나미, 다케히코久留島武彦48) 두 원로의 저서에 관해서는 새삼 말할 필요도 없다. 또한 『도토리樫の實』,49) 『빨간 새赤い鳥』50)도 꽤 재미있다. 오쿠노 쇼타로, 오가와 미메이小川未明51) 등의 작품도 제법 풍치가 있다.

B. 이론서

가. 다카기 도시오高木敏雄52) 『동화 연구와 그 자료童話の研究と其資料』

나. 아시야 시게쓰네蘆谷重常53) 『동화연구童話の研究』

다. 미즈다 미쓰水田光 『이야기 연구お話の研究』, 『이야기의 실제お

---

48) 구루시마 다케히코(1874~1960) : 일본의 아동문학가. 일본 보이스카웃 운동의 기초를 다지기도 했다.

49) 원문은 [櫟の實]로 표기되어 있으나, 이는 [樫]의 오기로 보임.

50) 1918년 스즈키 미에키치鈴木三重吉가 창간한 동화와 동요의 아동 잡지. 1936년 8월 폐간.

51) 오가와 미메이(1882~1961) : 일본의 소설가, 아동문학 작가. '일본의 안데르센' 으로 불림.

52) 다카기 도시오(1876~1922) : 일본 오사카 출신의 신화학자. 신화 전설연구의 체계화를 시도하고 이 분야의 선구적인 업적을 남겼다.

53) 아시야 시게쓰네(1886~1946) : 일본 동화 연구자.

話の實際』

라. 시모이 하루키치下位春吉54) 『이야기하는 방법お噺の仕方』

마. 후지사와 모리히코藤澤衞彦55) 『일본전설연구日本伝說硏究』

바. 마쓰무라 다케오松村武雄 『동화 및 아동 연구童話及兒童の硏究』

사. 마쓰무라 다케오 『아동교육과 아동문예兒童敎育と兒童文芸』

아. 오오쓰카강화회 『이야기하는 방법의 연구話方の硏究』

자. 기시베 후쿠오岸邊福雄56) 『이야기 이론과 실제お話の理論と實際』

생각해 보니 이론서도 꽤 많이 나왔지만 이 방면에서는 다카기 씨의 공적이 뛰어나다. 또한 우리가 항상 존경해 마지않는 아시야 씨, 미즈다 씨(야마자키山崎 부인) 등의 부단한 정진과 아무리 감사드려도 부족한 시모이 씨의 저서와 마쓰무라 박사의 두 저서이다. 특히 마쓰무라 씨의 해박함과 절실함, 철저한, 어디까지나 학리 탐구적인 태도는 우리에게 끝없는 교훈을 주고 있다. 마쓰무라 씨에게 삼가 감사의 말씀을 올린다. 마쓰무라 박사의 『아동교육 및 아동 문예』 속의 일본 동화발달사는 실로 흥미 있는 연

---

54) 시모이 하루키치(1883~1954) : 교육자, 시인, 동화 구연가. 이탈리아의 파시즘 운동을 일본에 소개함.
55) 후지사와 모리히코(1885~1967) : 일본의 소설가, 민속학자. 1914년 일본전설학회를 설립.
56) 기시베 후쿠오(1873~1958) : 일본의 교육자. 구연동화의 실천으로 유명하다. 1921년 『예술자유교육芸術自由敎育』을 창간.

구이다.

C. 실제가実際家

이와야 사자나미 씨

구루시마 다케히코 씨

아마노 기지히코天野雄彦 씨57)

다카오 아키라高尾亮 씨

고故 니시가와 호우케이西川芳溪58) 씨

무라카미 히로시村上寬 씨

이들 중에서 제일의 숙로宿老는 뭐니 뭐니 해도 사자나미 대인
이다. 사자나미 씨는 동화 수집가로서는 실로 일본의 그림Grimm
이라 할 만한 대시조·대은인으로서 그 공적은 영세永世의 불후不
朽이다. 그 외 다른 분들도 모두 이 방면의 실력자들이지만, 나는
특히 히로시마廣島 지역의 재인才人이신 니시가와 씨를 접할 일이
많았는데 갑자기 타계하셔서 새삼스럽게 한스럽기 짝이 없는 일
이다.

마쓰무라 씨의 말씀처럼 메이지 성대聖代는 이 동화 방면에서
도 획기적인 일대 비약을 이루었는데, 그 첫째 이유는 구래의 어

---

57) 아마노 기지히코(1879~1945) : 일본의 동화작가.
58) 니시가와 호우케이(1884~1925) : 일본의 아동문학자.『옛날이야기 꽃다발お伽花
たば』,『소녀소설少女小說』등이 있다.

른을 위한 동화에서 탈각하고 진실로 아동을 대상으로 하는 동화가 출현하게 된 것이다. 즉 확실하게 엘렌 케이Ellen Key[59)]의 소위 아동의 세기가 우리 동화계에 실현된 셈이다. 메이지부터 다이쇼로 이행하면서 동화가 갖는 맛은 정서에 있어서 점차 섬세하게, 취미에 있어서 점차 고상해져갔다. 그리하여 오늘날 우리 동화계는 세계 여러 나라의 동화와도 악수하고 단란하면서 유쾌하게 그 장래를 향해서 급히 나아가고 있다.

하지만 다이쇼시대까지는 모든 것에서 서양을 모방할 때였다. 실로 자주, 독립의 위치를 차지하기에는 이르지 못했다. 지금 쇼와昭和의 광휘를 우러러봄에 있어서 진실로 독왕불기獨往不羈, 지고지순한 예술미가 있는, 진실로 국민성을 뿌리내릴 수 있는 동화를 창작하고 세계 제1등 국민다운 기운을 널리 세계에 알리고 싶다. 이를 위해서는 세계 여러 나라의 고귀한 동화에 눈을 돌리는 것은 물론이고 한편 『일본서기日本書紀』,[60)] 『고사기古事記』[61)]의 고전으로 돌아가서 『곤자쿠이야기집今昔物語集』,[62)] 『다케토리이야기竹

---

59) 엘렌 케이(1849~1926) : 스웨덴의 여성 사상가로 문학사, 여성문제, 교육문제에 걸쳐 휴머니즘의 입장에서 저작 활동을 했다. 사회적 자유주의와 개인의 해방, 억압되어 온 여성과 아동의 해방을 주장하였다.
60) 나라奈良시대에 성립한 역사서로서 신화시대에서부터 지토持統천황까지를 다루고 있으며 한문 편년체로 쓰였다.
61) 일본에서 가장 오랜 된 서적으로 고대 일본의 신화, 전설 및 사적을 기술한 책이다.
62) 12세기 초에 쓰인 일본의 불교 및 민간 설화집.

取物語』63)의 이들 고전을 찾아 국민설화의 연천淵泉을 천명하고 탐구하는 일이 최대급선무라고 생각된다. (완)

다음 호 예고!!!

본 회는 최초의 시도로서 매월 16일 오후 1시부터 경성공립여자보통학교에서 <국어교수법연구회>를 개최하였다. 참석하신 분은 히라이平井 본부학무과장, 시학視學위원 다카기高木, 후지쓰카藤塚 제대帝大교수, 곤도近藤 성대城大예과교수, 시학관, 편수관編修官, 경기도와 경성부 학교의 학무과장, 시학부 내의 중등, 초등 학교장 및 국어 담임교사 등 약 이백 명에 달했고 경성여자보통학교의 오奧 훈도訓導64)의 실지 수업을 참관한 후 비평회로 이어졌다. 본 회는 속기자로 하여금 수업 및 비평을 최대한 놓치지 않고 속기하도록 하였다. 이는 매우 유익하고 교육자에게는 절호의 참고가 될 것임으로 본지 2월호에 게재하기로 하였다. 이 기사는 다소 문장이 길기 때문에 다른 기사들은 매수의 사정상 게재가 불가능할 것으로 생각된다. 이에 사전에 여기서 양해를 구하는 바이다.

조선교육회
문교의 조선편집계

---

63) 10세기쯤에 성립된 현존하는 최초의 모노가타리物語 문학.
64) 구제 소학교 정규 교사의 일컬음. 지금의 중등학교 이상의 정교사에 해당.

황토皇土[65]의 끝

시무라 젠시로志村善四郎

1

"……아무튼, 점심이나 먹읍시다."

경부보[66] 야마나카山中 씨는 햇볕에 그을린 도토리색 볼에 가을 풀처럼 가늘고 길게 자란 수염 사이로 하얀 이를 드러내놓고 방긋 웃으면서 말했습니다.

잠자코 뒤를 따라온 네 명의 순사들은 야마나카 씨의 얼굴을 살짝 보고 어깨의 소총을 추켜올릴 뿐 대답하는 자가 없었지만, 그래도 모두 젊고 건강한 눈가에 잔주름을 지으면서 기뻐하는 듯이 보였습니다. 그때 마지막으로 온 가와베川邊 순사부장이 거드름부리며 왼쪽 팔을 앞에서 가슴 가까이로 구부려보고 '아아 벌

---

65) 천황이 다스리는 국토

66) 경부 아래, 순사 부장 위에 있던 판임 경찰관.

써 12시가 넘었네요.'라고 혼잣말처럼 말하면서 한층 더 목소리를 높였습니다.

"그래, 여기는 볕도 들고 저기 저 봉우리 너머로 거울처럼 하얗게 빛나고 있는 것이 압록강이죠…… 정말 좋네요, 여기서 토벌만 하지 않으면……."

야마나카 씨와 얼굴을 마주보면서 앉았습니다.

"아, 배고프다! 배가……."

터무니없이 큰 소리를 낸 젊은 순사가 있어서 일동은 와 하고 웃었습니다.

그때 야마나카 경부보가 허리의 도시락보자기를 꺼내자 모두 각자 도시락을 꺼냈습니다.

가와베 씨도 보자기를 펼쳐 보니 커다란 주먹밥 세 개가 나왔습니다. 주먹밥을 보니 가와베 씨 얼굴에 통통하게 살찐 올 해 여섯 살이 된 건강한 마사오正雄 군과 그 어머니의 하얀 얼굴이 살짝 나타났다 사라졌습니다. 그때 가와베 씨의 콧방울에 두 세 개의 잔주름이 생긴 것을 놓칠 수가 없습니다.

─ 오늘 아침 집을 나올 때, 도적떼 열 명 정도가 얼음이 언 틈을 타서 압록강을 건너왔다는 정보를 얻은 경찰서에서는 야마나카 씨와 이 사람들에게 조사와 토벌을 명령한 것이었습니다.

그래서 오늘 아침 아직 날이 어두울 때 출발했던 것이었습니다만, 어머니가 안에서 총을 갖고 오니까 마사오 군은 '내가 가져

갈게.'라며 위험한데도 끙끙 거리면서 아버지가 각반을 치고 있는 현관까지 가져와서 "오오, 마사오가 가져왔구나. 꽤 힘이 세네."라는 말을 듣고 대단히 흐뭇했습니다.

세심하게 방한 준비를 갖춘 사람들이 옆집 야마나카 씨의 깜깜한 마당에 모여서 담뱃불만이 점점이 보이는 속에서 작은 목소리로 뭔가 두런거리고 있었습니다. 그때도 마사오 군은 아버지 외투 속에 들어가 탄약함에 손을 갖다 대고 "알이 무겁네, 무겁네."라고 재잘거렸습니다.

마사오 군은 야마나카 씨네 다섯 살배기 치요코千代子와 손을 잡고 그 어머니들과 함께 도중까지 배웅을 나갔습니다.

"그럼 여보 조심하세요."

"어이, 자네 잘 부탁하겠네."

굵은 목소리 가는 목소리에 섞여서 마사오 군과 치요코의 목소리도 섞여 들려왔습니다.

"아버지 안녕히 다녀오세요."

지리에 밝은 조선인 순사를 선두로 어디가 강인지 다리인지 전혀 분간이 안 되는 하얀 눈의 들과 산을 넘어 부락에서 부락으로 찾고 찾아서 —

가와베 씨는 밥 먹는 법을 잊어버린 것 같았습니다. 밥 먹는 법을 잊어버린 사람은 없겠죠. 가와베 씨도 역시 먹는 법을 잊어버린 것은 아니었습니다. 야마나카 씨가 물통의 따뜻한 물을 꿀

꺽 삼킨 소리에 정신이 들어 서둘러서 주먹밥을 먹으려고 하자 얼굴이 반쯤 가릴 정도로 커서 젊은 사람들이 "크네!"라며 소리를 맞춰 웃었습니다.

＊ ＊ ＊

"녀석들 어디에 숨었을까?"

"어디선가 나타났다는 소리도 없고."

"신식 총을 갖고 있다고 하던데."

"발견하면……."

"제일 먼저 도망갈까."

"쏴야지."

"태연하게 그 자리에 주저앉을래."

야마나카 씨는 새된 목소리로 껄껄하고 소리 높게 웃었습니다. 점심을 먹자 모두 기운이 나는 것 같았습니다.

그리고 가는 곳도 모르고 정처 없이 눈이 쌓인 들과 산을 찾아다니는 것만으로도 그 고생이 이루 말할 수 없는데, 언제 어느 나무그늘이나 오두막집의 그늘에서 탕탕하고 총알이 날아올지 모르는 위험 속에서 방심하지 않고 빈틈없이 수색하며 걷는 야마나카 씨나 가와베 씨의 노고를 알아주어야 합니다.

2

"엄마 목욕 불이 꺼졌어."

"엄마 밥이 탔어."

"어어, 엄마 생선에 고양이가."

마사오 군도 엄마 심부름을 열심히 하고 있지만 어머니도 곧 피곤해진 아버지가 돌아오실 테니 청소를 하고 밥을 지어 놓지 않으면 안 되기 때문에 손이 여덟 개라도 모자랄 정도로 일했습니다. 날이 저물고 저녁 식사 준비를 다 끝냈는데도 아직 아버지들은 돌아오지 않으셔서 어머니는 마사오 군의 손을 잡고 동구 밖까지 마중 나가보았습니다. 서쪽 하늘에 닷새 정도 된 달이 은으로 된 부조浮彫처럼 떠있어 새하얀 눈이 반짝반짝하고 빛납니다. 밤은 꽤 춥습니다. 거기에 치요코도 어머니 손을 잡고 걱정스러운 듯이 왔지만, 아버지들의 모습은 보이지 않았습니다. 단지 어디까지나 어디까지나 새하얀 눈으로 뒤덮인 들길이 이어지고 있을 뿐이었습니다.

3

"오 이제야 겨우 사람다운 기분이 드네. 고맙소, 고마워."

무턱대고 고맙다는 말을 연발하고 있는 아버지 옆에 마사오 군은 방긋방긋 웃고 있었습니다.

"……마사오가 오늘 그렇게 심부름을 잘했구나. 훌륭해."

아버지는 목욕을 하고 따뜻한 밥을 많이 먹었기 때문에 혈색 좋은 빨간 얼굴에 길게 뻗은 수염이 특히나 훌륭해 보였습니다. 어머니가 난로 위에 얹은 작은 냄비는 뽀글뽀글 하얀 연기를 내뿜고 있었습니다. 마사오 군은 결국 아버지의 손을 쥔 채 무릎에 기대어 잠들어버렸습니다.

밤은 꽤 깊어졌습니다.

4

"그렇군. 알았네. 바로 가겠네."라는 아버지의 터무니 없이 큰 목소리에 잠이 깬 마사오 군은 "힝" 하고 큰 소리로 울고 싶을 정도로 놀랐습니다. 지금 밖에서는 "부장님, 크, 크, 큰일입니다. 도적떼가 주재소에 총을 쐈습니다."라며 정신없이 소리친 것은 사환의 목소리인 듯 했습니다. 아버지는 이미 제복을 입고 칼을 차고 총을 들고 현관에 서있었습니다. 마사오 군은 아버지가 어찌나 빨리 준비를 했던지 또 다시 깜짝 놀랐습니다.

"마사오, 오거라."

아버지는 말하자마자 마사오 군을 왼쪽 옆구리에 안고 밖으로 뛰어갔습니다. 어머니도 탄약이 든 상자를 들고 그 뒤를 따라 주재소로 뛰어 들어갔습니다.

그때 창문이 있는 벽에 딱 몸을 붙이고서 총을 겨누던 두 명의 숙직 순사가 발사한 총 소리가 두세 발 요란하게 울렸습니다.

"마사오! 일어서지 말고 누워 있어라."

아버지는 마사오 군을 던지듯이 뒤쪽 방에 던져놓았습니다. 아버지한테 이렇게 거칠게 다루어진 적이 없었기 때문에 매우 슬퍼졌습니다. 거기에 탄약 상자를 아버지에게 건네주고 온 어머니가 "마사오 무서워 하지마라. 엄마가 있으니까."라고 말하면서 뒷창문으로 바깥 상황을 조심스럽게 보고 있었고 마사오군은 불이 꺼진 깜깜한 방에서 그런 어머니의 모습을 보니까 바깥 눈빛에 검게 도드라져 보여서 작년 연말에 어머니가 보여주신 활동사진 같다고 생각했습니다.

바깥에서는 다시 두세 발 '탕탕' 하는 소리가 났습니다. 그리고 뒷문에서 다시 검은 그림자가 총알처럼 날아와서 "치요코야 엎드려 있어."라고 말하며 털썩 내려놓고는 밖으로 나갔습니다. 마사오 군이 "치요코야." 하고 작은 목소리로 말하자 "누구야? 마사오 오빠?"라고 대답하면서 마사오 군의 손을 잡고 어둠 속에서 눈만 둥글둥글 굴리고 있었습니다. 이와 전후해서 타다닥 하고 뛰어 들어온 사람이 있었는데 어두워서 누구인지 알 수가 없었습니다. 뒤 창문의 검은 그림자가 "이제 모두 왔나요?" 하고 작은 목소리로 말했는데 아무래도 치요코의 어머니 같았습니다. "네,

모두 온 거 같아요.”라고 속삭인 건 마사오의 어머니였습니다. 밖에서는 사람 목소리는 나지 않았지만 가끔 ‘탕탕’ 하는 소리가 났습니다. 마사오 군은 총 소리를 좋아했지만 이때만은 싫은 소리라고 생각했습니다. 그때 바깥 유리가 쨍하고 깨지면서 마사오 군들이 있는 방벽에 푹하고 총알이 박혔습니다. “아” 하고 치요코가 마사오 군의 손을 꽉 잡았습니다. 마사오 군도 목을 움츠리고 오싹했지만 낮에 치요코에게 잘난 체를 했기 때문에 이래서는 안 되겠다고 목을 가능한 길게 빼려고 했습니다만 어쩔 수 없이 다시 점점 움츠러들기만 했습니다. 이래도 어두우니까 안 보이겠지, 하고 생각했습니다.

그리고 총 소리가 격해졌습니다. 유리가 깨지는 소리, 기분 나쁘게 벽에 푹푹하고 총알이 박히는 소리, 그래도 금세 아버지가 쫓아버릴 테니까 괜찮다고 생각하고 마사오 군은 가만히 있었습니다. 다시 뒤쪽 창문의 검은 그림자가 속삭였습니다.

“이쪽으로는 도적떼가 오지 않는 것 같네요.”

“열 명 정도라고 하니까 그다지 여유가 없겠죠.”

“이제 몇 시쯤 됐을까요.”

“글쎄요. 조금 있다 동이 트지 않을까요.”

바깥 창문이 일제히 활짝 열리고 바깥으로 아버지들이 뛰어나가신 것 같았습니다. 그러자 어머니들도 “마사오, 치요코 거기서 움직이면 안돼요.”라고 말하고 역시 밖으로 뛰어나가셨습니다.

5

"와하하하……."

얼음처럼 맑은 차가운 아침 공기를 흔들면서 야마나카 씨의 목소리가 들렸습니다. 열 명 정도의 도적떼가 염주처럼 엮어 묶여왔습니다.

"이 녀석이 대장이냐?"

말하는 투를 보니 오른쪽 다리에 관통상을 입어서 걷는 것도 힘들어 보이지만 번득이는 한쪽 눈으로 빨갛고 뾰족한 코를 한 남자였습니다.

큰목소리가 자랑인 조 군이 "도망치면 쏜다."라고 말했기 때문에 "녀석들이 모두 여기저기 주저 앉아버린 것을 이렇게 잡아 온 거지."라며 말한 가와베 씨의 얼굴은 밝은 표정이었습니다.

"저희쪽은 아무도 다치지 않아서 다행이네요."라고 말하는 여자 목소리도 들렸습니다.

거기에 달려온 마사오 군이 "자아 와라, 마사오 군이 있다."라고 말하며 다리에 힘을 주고 장난감 칼을 쥐고 휘둘렀기 때문에 모두 한꺼번에 와하고 웃었습니다.

조용하고 조용한 동쪽 하늘에 빨간 태양이 하늘하늘 떠오를 새도 없이 일어난 일이었습니다.

동화

별님을 도와준 할아버지 이야기

하라조 이치로原丈一郎

1

그것은 긴 여름날의 일이었습니다. 싱글벙글 할아버지는 마을로 장을 보러 나갔습니다. 장에서 이것저것 많은 물건들을 사느라 밤이 되어서야 집으로 돌아왔습니다. 사각사각 시원한 바람이 불고 달님은 나오지 않았지만, 별님이 금박가루처럼 반짝이고 있었습니다. 시내가 졸졸 나지막히 소리를 내며 흘러가고 있었습니다. 그 강물에 하늘의 별님이 비추어 은빛물결로 흐르고 있습니다. 싱글벙글 할아버지는 흙으로 만든 다리 가장자리에 짐을 내려놓고 잠시 쉬었습니다.

그러자 풀숲에서 금방울 흔드는 듯한 노래가 들려옵니다.

　　높은 하늘 아빠

먼 하늘 엄마
인간세계의 쓸쓸한 풀숲에서
풀에 숨어 밤마다
울며 노래하는 아빠 그리워
울며 노래하는 엄마 그리워
언제가 되면 부모
곁으로 돌아갈 수 있을까
높은 하늘 아빠
먼 하늘 엄마

할아버지는 왠지 자신도 슬픈 생각이 들어 소리가 나는 풀숲
으로 가 보았습니다. 그랬더니 반짝반짝 빛나는 작은 것이 풀숲
안에서 방금 전 노래를 불렀나 봅니다.

"왜 그런 슬픈 노래를 부르고 있니?"

할아버지가 허리를 구부리며 묻자,

"네 잘 물으셨어요. 저는 저 하늘의 별입니다. 한 달 전쯤 되는
날 밤에 친구들과 달리기 놀이를 하고 있었는데, 그때 너무 많이
달려서 인간세상으로 떨어져버렸습니다. 그래서 돌아가고 싶어
도 돌아가지 못하고 도와주는 사람 없이 이렇게 매일 밤 아빠 엄
마별을 올려다보면서 노래를 부르고 있는 겁니다. 할아버지께서
제발 저를 도와주세요."

듣고 난 할아버지는 가엾어서,

"도와주고 말고……. 어떻게 도와주면 될까?"

"고맙습니다. 저를 주워서 하늘로 힘껏 던져주세요, 저는 그 기세로 별세계로 돌아갈 수가 있답니다. 답례는 꼭 내일 아침에 해 드리겠습니다……."

"아니, 답례 따윈 필요 없구나. 그럼 그리 해 줄게……."

할아버지는 아기별을 주워서 아이가 공을 던질 때처럼 힘껏 던져 올렸습니다. 아기별은 긴 꼬리를 끌어당기며,

"할아버지 고맙습니다……."

아기별이 말하는가 싶더니 수많은 별 속에 섞여 보이지 않게 되었습니다.

2

다음날 아침 할머니가 일찍 일어나 마당을 쓸고 있는데 댑싸리 뿌리에 금색 알이 떨어져 있습니다. 할머니는 그것을 소중히 가지고 와서 할아버지에게 보였습니다.

"무슨 알이지……."

"글쎄요……."

두 사람은 이것저것 얘기한 끝에, 할아버지가 탁 하고 손뼉을 치며 말했습니다.

"그래…… 별님이 주신거로군……."

할아버지는 할머니에게 어젯밤 이야기를 들려주었습니다. 두 사람은 기뻐하며 황금알을 가미다나(神棚67))에 올려놓았습니다. 그리고 일주일이 지나서 할아버지가 평소처럼 가미다나에 등불을 켜자 그 황금알에서 금색 병아리가 부화했습니다. 할아버지와 할머니는 매우 기뻐하며 "이것은 별님이 주신 아이다." 하고서 정성껏 귀여워하며 키웠습니다. 이윽고 금 병아리에서 금색 깃털과 금색 볏, 금색 손, 발톱과 금색 꼬리, 금색 주둥이가 생겨나 멋진 금색 닭이 되었습니다.

그리고 언제나 해가 뜨기 전에 할아버지가 계신 지붕 위에 올라가 맑은 목소리로 "꼬끼오 꼬꼬" 하고 울어댔습니다. 펼쳐진 아름다운 금색 깃털에 아침 해가 빛났고 그 아름다움이란 표현할 길 없었습니다. 마을사람들도 그 소리를 듣고 "금색 닭이……." 하면서 일찍 일어나 일할 수 있어서 마을은 정말 행복했습니다.

3

그런데 그 일이 그 나라 임금님 귀에 들어갔습니다. 임금님은 그런 희한한 닭이 있다니 꼭 한번 보고 싶다고 생각하셨습니다. 그래서 그 금 닭을 임금님께 바치도록 할아버지의 집으로 신하를

---

67) 집안에 신위(神位)를 모셔두고 제사 지내는 선반.

보내셨습니다.

"그대의 집에 세상에서 보기 드문 금 닭이 있다고 하여 임금님께서 보시길 소망하시니…… 헌상하시길 바랍니다."

이 말을 들은 할아버지와 할머니는 깜짝 놀랐습니다. 저 귀엽고 귀여운 닭과 어떻게 이별할 수 있을까요. 하지만 임금님 명령이니 안 된다 할 수도 없고 어떻게 하면 좋을지 두 사람은 눈물만 뚝뚝 흘리고 있었습니다.

그러고 있는 사이 신하는 마당에서 놀고 있는 금 닭을 강제로 바구니에 넣고 재빨리 말을 타고 돌아갔습니다. 할아버지와 할머니는 그 뒷모습을 울면서 배웅했습니다. 가엾게도……. 신하는 바구니를 들고 성으로 돌아왔습니다. 그리고 바로 임금님에게 가지고 갔습니다. 임금님이 보시더니 "우와……" 하면서 감탄하셨습니다. 그 닭이 너무나도 아름다웠기 때문입니다. 임금님은 매우 기뻐하시며 그 바구니를 자신의 방에 놓아두셨습니다. 할아버지와 할머니를 비롯해 마을사람들은 얼마나 허전했을까요.

4

이야기를 바꿔서 그 당시 이 임금님 나라는 이웃나라와 사이가 좋지 않아 당장 전쟁이 날 상황이었기에 언제 적국의 첩자가 궁에 들어올지 몰랐습니다. 그래서 매일 밤 힘 센 많은 신하들이 옆방에 기거하며 임금님을 지켜드리고 있었습니다.

마침 금 닭이 궁으로 온지 삼일 째 되는 날 밤이었습니다. 임금님은 평소처럼 새장을 방에 놓고 주무시고 계셨습니다. 그런데 한밤중 임금님 뒤의 장지문이 스르륵 소리 없이 열렸습니다. 임금님은 편히 주무시고 계셨기에 전혀 알지 못했습니다. 그러더니 잠시 후 커다란 남자가 기어들어 옵니다. 얼굴은 검은 무명천이 둘러져 있기에 누군지 모릅니다. 단지 눈동자만 번득이며 빛나고 있습니다. 오른손에는 석자정도 되는 빼어든 칼을 반짝이며 들고 있었습니다. 분명 임금님을 죽이러 온 첩자입니다. 첩자가 살금살금 소리 없이 머리맡으로 다가오는데도, 임금님은 아무것도 모른 채 새근새근 주무시고 계십니다. 첩자는 임금님 머리맡으로 살그머니 다가와 칼을 크게 위로 치켜 올렸습니다. 바람 앞의 등불이란 것이 이때의 임금님 목숨인가 봅니다. 첩자가 치켜 올린 칼을 내리치려는 그 순간이었습니다. 정말 순간의 찰나였습니다.

"꼬끼오 꼬꼬"

비단 찢는 날카롭고 큰 닭소리가 가까이에서 났습니다. 놀란 것은 첩자입니다. 느닷없이 바로 옆에서 닭소리가 났기에 "앗" 하고 머뭇거리게 된 것입니다.

그 소리에 임금님이 잠에서 깨시자마자 벌떡 일어나셨습니다.

첩자는 두 번 놀라 뒤로 물러서며 엉덩방아를 찧었습니다. 임금님은 그 틈을 타 첩자의 칼을 잡아채며 외치십니다.

"첩자다. 다들 잡아라."

옆방에서 자고 있던 신하들은 그 소리에 놀라 이크 임금님께 큰일이 났군. 하며 우르르 달려 들어와 힘들이지 않고 첩자를 붙잡았습니다.

임금님은 금 닭 덕분에 위기를 모면했습니다. 그래서 임금님은 매우 기뻐하시며,

"생명의 은인이다……."

하고 말하며 많은 금품을 신하들에게 가져오게 하여 금 닭을 새장과 함께 할아버지 집으로 돌려보냈습니다.

할아버지와 할머니의 기쁨은 어떠했을까요. 마을에선 다음날 아침부터 다시 그 맑은 닭소리를 듣게 되었습니다. (끝)

제2회 현상논문 응모자 성명(1) (도착순)			
咸北	金泳周	慶南	韓琮鳳
慶南	朴成文	慶南	林寅洙
全北	宮澤哲兒	江原	中尾英一
平北	白龍淑	京畿	權寧鎬
全南	崔喜重	全南	木下喜之助
京畿	村上佐吉	平南	金芝秀
慶南	知北利一	平北	朴鉉珏
全北	久保喜熊	平南	東海林儀太郎
全北	金己代	京畿	喜多村隆
忠北	二羽芳夫	咸北	朱昉暾
慶北	谷廣司	忠北	趙重栻
咸北	池木憲雄	平北	野中伊平
咸北	崔琦松	咸南	金允鳳
忠南	伊東教近	全南	赤木明治
黃海	甲斐恩作	江原	飯田虎鉉
慶南	金鍾湜	忠北	朴魯貞

동화

토끼의 복수

곤도 도키지近藤時司
삽화 노모리 겐野守健

옛날 옛적 조선의 어느 산에 한 마리 무서운 호랑이가 살고 있었습니다. 그리고 닥치는 대로 다른 짐승을 잡아먹었기에 어느 날 산속 짐승들은 산기슭의 들에 모여 앞으로 어떻게 할지를 의논했습니다. 먼저 여우가 다른 짐승을 둘러보면서 말합니다.

"제군들, 저 호랑이만 없다면 우리들도 즐겁게 이 산에서 살 수 있는데, 어떻게 퇴치할 방법이 없을까?"

그러자 마음 약한 사슴이 탄식하며 말합니다.

"우리들이 아무리 힘을 모은다고 해도 어떻게 저 무서운 호랑이와 맞설 수가 있겠어. 그보단 어딘가 다른 산으로 도망가는 게 어때."

이때 토끼가 사슴을 보고 짧은 꼬리를 흔들면서 힘 있게 말했습니다.

"어이 사슴, 이런 좋은 산을 떠나 어디로 간다는 말인가. 맞아

우리들 힘으로는 그 놈을 대적하진 못해. 하지만 내가 한 가지 좋은 지혜를 내서 반드시 퇴치해 줄 테니 자네들은 느긋하게 보고나 있게."

여우와 사슴들은 저 겁쟁이 토끼가 왜 그리 잘난 척을 하는가 싶으면서도 당분간은 이 산에 있기로 했습니다.

그리고 나서 닷새가 지난 어느 날의 일, 토끼가 산기슭을 걷고 있는데 맞은편에서 그 호랑이가 나타났습니다. 토끼는 깜짝 놀랐지만 곧 친한 척을 하며 호랑이에게 다가가 말합니다.

"와, 호랑이님 어디 가세요. 전 오늘 친구에게 아주 맛있는 과자를 받아서 호랑이님과 둘이 먹으려고 조금 전부터 찾고 있었는데요. 호랑이님 이런 과자 먹어본 적 있으세요?"

그러면서 토끼는 살그머니 작은 돌 열한 개를 주워 호랑이에게 보입니다. 호랑이는 토끼의 말재간에 넘어가 묻습니다.

"오, 그것이 과자란 말이지. 어떻게 먹니?"

"이것은요, 불에 구워 새빨개졌을 때 먹는 겁니다. 아주 맛있어요. 특히 간장에 찍어 먹는 날엔 그야말로 입에서 살살 녹을 정도입니다. 제가 마을로 가서 간장을 조금 얻어올 테니, 호랑이님 이걸 구우면서 기다리고 계셔요. 딱 열 개 있으니까요."

토끼는 이리 말하고선 뽕뽕 뛰어 갔습니다. 호랑이는 토끼가 없는 동안에 땔나무를 모아 작은 돌이 새빨갛게 달궈지는 것을 보고 침을 삼키면서 수를 세어보았습니다. 자세히 보니 토끼가 열 개라고 말했는데 열한 개가 있었습니다. 호랑이는 기뻐서 혼잣말을 합니다.

"좋아 한 개 남았으니 먹어보자."

그러고는 불보다도 뜨거운 새빨개진 돌을 급히 삼켜버립니다. 큰일 났습니다. 호랑이는 목구멍에서 위와 장까지 천 갈래로 갈라지는 듯한 뜨거움을 참을 수 없어 산속을 미친 듯 뛰었습니다. 그 후 호랑이는 며칠 동안 아무것도 먹을 수 없었고 매일 동굴 속에서 끙끙 신음하며 있었습니다.

어느 날 호랑이는 조금 기분이 좋아져서 동굴을 나와 그 얄미운 토끼 놈을 삼켜버리겠다고 여기저기 찾아다니고 있었습니다. 그러자 들판 덤불속에서 불쑥 토끼와 마주치게 되었습니다. 호랑이가 돌연 덤벼들려하자 토끼가 웃으며 말합니다.

"호랑이님, 마침 잘 오셨습니다. 저는 지금 호랑이님 병문안 가려고 참새 수만 마리를 잡고 있는 중이랍니다. 소리를 내면 모두 도망갈 테니 가만히 입만 벌리고 있으세요. 제가 좋은 꾀를 내서 호랑이님 입속으로 쫓을 테니까요."

162

"참새고기도 맛있니?"

하면서 호랑이는 토끼 말대로 덤불속에 쭈그리고 앉아 큰 입을 벌리고 하늘을 바라보고 있었습니다. 토끼는 멀리서 덤불의 마른 풀에 불을 붙였습니다. 그러자 타오르는 마른 잎이 마치 참새의 무리처럼 날아오릅니다. 토끼는 훠이 훠이 하며 참새 쫓는 시늉을 하며 외칩니다.

"지금 참새 놈이 많이 날아오릅니다."

"역시 날아오르는군."

호랑이는 기뻐하면서 움직이지 않고 입을 벌리며 하늘을 쳐다보고 있었습니다. 그런데 점점 몸이 뜨거워지고, 하늘에서 눈을 떼 주변을 둘러보니 자신이 새빨간 불길에 둘러싸여 있는 겁니다. 호랑이는 깜짝 놀랐습니다. 지금 한가하게 참새 잡을 때가 아닙니다. 열심히 뛰어 도망쳐 간신히 불길은 벗어났지만, 온몸의 털이 타서 마치 부드러운 가죽처럼 되었습니다.

이제 점점 추워질 때라서 호랑이는 매일 동굴 속에서 부들부들 떨고 있었습니다. 그런데 너무 배가 고파 뭔가 먹을 것이 없을까 하고서 마을 근처의 시냇가까지 나왔습니다. 그랬더니 지난번 토끼가 무언가를 먹고 있었습니다. 호랑이는 너무 화가 나서 토끼에게 말을 걸었습니다.

"이 토끼 놈아, 넌 날 한 번도 아니고 두 번이나 속였어……."

그러자 토끼가 바로 시냇물을 가리키며 말합니다.

"호랑이님, 저길 보세요. 저렇게 큰 물고기가 저리 많이 헤엄치고 있습니다. 저는 지금 꼬리로 낚아 올려 먹고 있는 중입니다. 물고기 맛은 아주 특별하니까요."

그리고는 재빨리 혀로 입술을 핥았습니다. 과연 보니 큰 물고기가 열을 지어서 헤엄을 치고 있었습니다. 호랑이는 벌써 물고기가 먹고 싶어져 묻습니다.

"이보게 토끼, 어떻게 낚는 건가. 내게도 가르쳐 주게."

토끼는 자못 진지한 표정으로 말합니다.

"이게 좀 힘이 들지만 호랑이님 정도로 참을성이 강하면 문제없을 겁니다. 가장 먼저 꼬리를 물속에 담그고 눈을 감고 계세요. 제가 상류 쪽에서 물고기를 모을 테니까요. 제가 신호 할 때까지 움직여선 안 됩니다. 얼마 동안 그러고 있으면 물고기가 꼬리에 가득 달라붙을 겁니다."

호랑이는 또 토끼의 말대로 꼬리를 물속에 담그고서 눈을 감은 채 가만히 토끼의 신호를 기다리고 있었습니다. 토끼는 상류 쪽에서 큰 소리로 물고기를 모는 시늉을 하면서 이곳저곳으로 뛰어다녔습니다. 이윽고 날은 어둡고 점점 추워졌으며 강물은 얼어 갔습니다.

"호랑이님, 지금부터가 중요합니다. 조금이라도 움직이면 물고기가 모두 도망가거든요."

호랑이는 그런가 싶어 추운 것을 참아가며 가만히 있었습니다.

잠시 있다 약간 꼬리를 움직였더니 왠지 팽팽히 잡아당기는 듯한 기분이 들었기에 물고기가 조금 달라붙었나 하고 기뻐하면서 눈을 감은채로 계속 가만히 기다리고 있었습니다. 밤은 점점 깊어지고 강물은 두껍게 얼어버렸습니다. 호랑이는 아무리 기다려도 토끼의 신호가 없자 꼬리를 당겨보았습니다. 그랬더니 꼬리는 조금도 움직이지 않았습니다. 처음에는 물고기가 너무 많이 달라붙어 있어서라 생각했는데, 나중에야 꼬리가 얼어붙어 있는 걸 알았습니다.

"이거 큰일났군."

호랑이는 놀라며 열심히 몸을 움직이고 꼬리를 잡아당겼지만 아무리해도 빼낼 수가 없습니다.

그러는 사이 날이 밝았고, 마을사람들이 보고 말합니다.

"여러분, 그동안 이 호랑이 놈이 마을의 개와 돼지를 잡아먹었어요. 단숨에 해치웁시다."

결국 다들 모여 그 호랑이를 때려죽였다고 합니다.

재미없는 이야기

오카 히사岡久

옛날 옛적 어느 나라에 한 호기심 많은 임금님이 계셨습니다. 어느 해 이 나라에 읍내와 촌 할 것 없이 사람 눈에 쉽게 잘 띄는 곳 어디에나 다음과 같은 희한한 팻말이 세워져 있었습니다.

　　이 세상에서 가장 재미없는 이야기를 임금님에 들려주는 자
　　에게는 궁궐 안에 있는 보물의 반을 줄 것이다.

이렇게 말입니다. 이 임금님은 이야기를 매우 좋아하셔서 항상 신하들을 모아 매일 밤 여러 나라의 재미나는 이야기를 들었는데, 이제는 그것이 싫증나서 이런 팻말을 세우도록 한 것입니다.

이 이야기는 촌에서 읍내로, 읍내에서 촌으로 전해져서 어느 팻말 앞에든 사람이 구름처럼 모여 시끄럽게 떠들어댔습니다.

"재미있는 이야기라면 얼마든지 알고 있지만 재미없는 이야기

라면 이거 참."

"어제도 여덟아홉 명이 궁궐에 들어갔지만, 모두 낙방했다는 군."

"낙방했다고요."

"그러니까 임금님은 이야기를 너무 좋아하셔서 어떤 이야기를 말씀드려도, 응 그래 하면서 재미있게 들으신다네. 그래서 바라는 보물은 받을 수가 없다네."

"나도 오늘 뵈었는데 허사였어."

이렇게 소문이 나 있었습니다. 매일 매일 궁궐에는 재미없는 이야기를 안다고 하는 사람이 몰려들었지만, 그 누구도 보물을 받은 자는 없었습니다.

어느 날, 웅장한 궁궐 문 앞에 더러운 차림의 한 아이가 나타나 문지기에게 부탁합니다.

"저는 류스케라고 합니다. 임금님께 이야기를 들려드리고 싶어 왔으니 여쭈어 주십시오."

문지기는 어른도 모두 낙방하는 마당에 이 꼬맹이가 건방지다면서 좀처럼 전해주질 않았습니다만, 너무나 끈질기게 부탁하였기에 투덜대면서 임금님에게 말씀을 드렸습니다.

문지기 "……아무리해도 돌아가지를 않아서 말씀드립니다."

임금님 "오, 그거 참. 여태껏 어른만 오더니만 아이라니 이것

재밌겠군. 얼른 들어오게 하여라."

그래서 류스케는 임금님 앞에 나갈 수 있었습니다. 임금님은 쉰 정도 되셨고 양처럼 하얀 수염을 기르시고 상냥한 눈으로 류스케에게 말씀하셨습니다.

임금님 "자네인가, 재미없는 이야기를 해 준다는 게."
류스케 "네 그렇습니다. 이것은 실제로 있었던 이야기입니다."
임금님 "그래, 실제로 있었던 이야기라고. 그것 재밌겠군. 자 이야기해 보게."

임금님은 미소를 지으시며 의자에서 몸을 앞으로 내미셨습니다. 류스케는 양손을 가지런히 모으고 열심히 재미없는 이야기를 시작했습니다.

류스케 "제가 사는 곳에 큰 강이 흐르고 있습니다. 강은 일 년 내내 맑은 물이 흐르고 있고 물속에는 물고기들이 즐겁게 헤엄을 치고 있습니다."
임금님 "오 그래서."
류스케 "그곳에는 아주 아주 큰 평평한 바위가, 그렇습니다. 다다미라면 스무 장 정도 깔 수 있는 바위가 있습니다."
임금님 "큰 바위로군."
류스케 "게다가 아주 멋있고 큰 밤나무 한그루가 우뚝 하늘로

솟아있습니다. 밤나무를 팔로 열 번 껴안을 수 있을 만
큼 높이."

임금님 "밤나무를 팔로 열 번 껴안을 수 있을 만큼의 높이라,
그거 희한하군."

임금님은 진짜로 재미있는 듯 상냥한 눈을 코끼리 눈처럼 가
늘게 뜨고, 양처럼 하얀 수염을 세게 잡아당기며 당장이라도 의
자에서 미끄러질 듯 몸을 앞으로 내밀고 듣고 계셨습니다.

류스케 "그런데 점점 가을이 깊어갔고 밤나무 열매도 충분히
익을 무렵이 되었습니다."

임금님 "그래."

류스케 "나무에는 수백 수천의 열매가 방울처럼 열렸는데, 어느
날 그중 하나가 툭 하고 바위 위로 떨어졌습니다."

임금님 "바람이라도 분 겐가. 그래서 어찌 됐는가?"

류스케 "그것이 어찌 된 일인지 대굴대굴 굴러 저 맑은 강물 속
으로 첨벙 하고 떨어졌습니다."

임금님 "정말로."

류스케 "조금 있다가 또 툭 하고 바위 위로 떨어지더니 대굴대
굴 굴러 첨벙 하고 강물 속으로."

임금님 "흠."

류스케 "다시 툭 하고 하나가 대굴대굴 굴러 첨벙 하고 강물로."

임금님 "……."

류스케가 계속 똑같은 말만을 반복했기에 임금님은 점점 싫증이 났습니다. 엉덩이도 점점 의자 안쪽으로 쑥 들어가기 시작했습니다.

류스케 "다시 하나가 툭, 대굴대굴 굴러 첨벙. 이어서 툭, 대굴대굴."

임금님 "애야 그것은 앞에서 한 이야기와 같지 않니. 빨리 그 다음 이야기를 해야지."

류스케 "네네. 조금 있다 이번에는 ……다시 하나가 툭."

임금님 "대굴대굴 첨벙이냐."

류스케 "네 그렇습니다. 대굴대굴 바위 위를 굴러 첨벙 하고 강물 속으로 떨어졌습니다."

임금님은 점점 심기가 언짢아지기 시작했습니다. 조금 전 싱글벙글한 모습은 어느새 사라지고, 얼굴엔 깊은 주름이 드러났습니다. 류스케는 변함없이 진지하게 이야기합니다.

류스케 "다시 툭, 대굴대굴 첨벙, 다시."

임금님 "툭 대굴대굴. 아 싫증난다. 그 이야기는 다 알겠다."

류스케 "다시 툭 대굴대굴 다시 하나."

임금님 "싫증났으니 이제 그만하거라."

드디어 그 이야기 좋아하던 임금님도 항복하고 말았습니다.

류스케가 임금님께 보물을 받고 싱글벙글해 하며 궁궐 문에 나타난 건 조금 뒤였습니다. 아까 그 문지기도 신기한 듯이 눈동자를 이리저리로 굴렸습니다.

금세 류스케 주위에는 사람이 구름처럼 몰려왔습니다. 그 중에는 기뻐하는 어머니도, 부러움에 시샘하는 낙방한 어른도 있었습니다.

"어떤 이야기를 했니?"

"어디 한 번 들려주렴."

그리하여 류스케는 좀 전의 같은 이야기를 다시 했습니다. 툭 대굴대굴 첨벙 여러 번이나 되풀이해서 말입니다. 사람들은 하나 둘씩 떠났고 마지막에 어머니만 남게 되었습니다. 류스케는 기쁨의 눈물을 흘리고 있는 어머니에게 말했습니다.

"어머니! 재미없는 이야기를 어렵게 생각하는 세상 사람이 바보 같아요. 저는 본 것을 이야기한 겁니다. 있는 그대로를 말입니다."

울보 지로

오카베 히데오岡部日出夫

(1)

옛날 어느 곳에 지로라는 소년이 있었습니다. 아버지는 지로가 아직 어릴 때 돌아가셨기에 그리운 그 얼굴조차 지로는 알지 못했습니다. 어머니와 둘이서 적적하게 살고 있었는데 얼마 전 유행한 감기로 단 하나뿐인 어머니마저 지로를 홀로 남기고 돌아가신 겁니다.

지로는 그 후 매일매일 아버지와 어머니의 묘에 가서 울었습니다.

지금도 오는 길에 꺾어 온 길가의 꽃을 묘에 올리고 손을 모아 기도합니다. 바닷가 근처인 어머니의 묘에는 바닷바람이 불어 황량했습니다. 지로의 눈에선 눈물이 볼을 타고 흘렀습니다. 그 눈물을 닦으려고도 않고 지로는 언제까지나 쭈그리고 앉아 있었습

173

니다. 지로의 마음속에는 다정하신 어머니의 얼굴이 어른거렸습니다.

"어머니."

자신도 모르게 말한 지로는 깜짝 놀랐습니다. 그리고 어머니는 이제 안 계신다고 생각하니 다시 눈물이 나왔습니다.

그때 지로의 뒤에 있는 큰 나무의 그늘에서 커다란 목소리가 웃음소리에 섞여 들려왔습니다.

"야, 지로 울보, 또 우는 거니. 울보, 남자가 울다니, 계집애군 계집애야. 지로는 계집애……."

대여섯 명의 장난꾸러기들이 매번 그랬듯 지로를 빙 둘러싸며 놀려댔습니다. 하지만 지로는 묵묵히 대항하지 않습니다. 장난꾸러기들은 다시금 비웃었습니다. 그중 가장 키가 큰 히카루짱이 지로의 어깨를 밀어서 지로는 비틀거리다 흙 위로 쓰러져버렸습니다.

모두가 다시 놀려댑니다. 그렇지만 지로는 입술을 깨물며 꾹 참았습니다. 히카루짱 여동생인 도미짱이 저녁 먹으라고 히카루짱을 부르러 왔기에 다들 지로를 놀려대곤 돌아갔습니다.

혼자가 된 지로상은 긴장한 마음이 풀어져 아까보다 오히려 더 쓸쓸해졌습니다.

"지로, 또 울린 거야. 오빠가."

뒤에서 상냥한 도미짱 목소리가 났습니다. 도미짱은 다들 있어서 오빠와 같이 돌아갔다가 다들 눈치 채지 못하게 하고 지로한테 다시 온 거였습니다. 도미짱은 상냥하게 지로의 옷을 털어주었습니다.

"미안해."

도미짱은 오빠가 한 걸 자기가 한 것 인양 사과했습니다.

"아니. 아무렇지도 않아. 그것보다 빨리 집으로 돌아가. 난 혼자여도 괜찮아."

"왜 혼자 있으려고. 빨리 같이 가자. 이제 곧 해가 저물어."

도미짱은 지로 손을 잡고 끌어당겼습니다. 하지만 지로는 어머니의 묘에서 떨어질 수 없었습니다.

"꽃도, 선향도 내가 낮에 가지고 와서 올린거야. 그러니 이제 집으로 가자. 울지 말고."

도미짱은 눈물짓는 지로를 올려다보면서 말했습니다. 아버지도 어머니도 있는 도미짱은 지로의 슬픈 마음을 이해하지 못했습니다.

"곧 집에 갈 테니 먼저 가."

"그럼 꼭이야."

다짐을 받고서야 도미짱은 대여섯 걸음을 갔지만, 달려 돌아와서 말했습니다.

"지로가 우는 건 싫어. 오빠들이 지로를 울보라 하는 걸 들으면 나까지 슬퍼져. 울지 말고 내일은 주사위 놀이 하자."

지로는 말없이 고개를 끄덕였습니다.

도미짱은 얼른 집으로 가라면서 뒤를 보며 저녁 어둠 속으로 사라졌습니다.

다시 혼자가 되자 지로는 더욱 슬퍼졌습니다. 도미짱에게 울지 말라는 말을 들었지만 지로는 생각할수록 슬퍼졌습니다. 지로는 묘를 쳐다보았습니다. 하지만 아무 말도 해 주지 않았습니다. 지로는 슬픈 것이 원망스러웠습니다. 눈물이 밉기조차 했습니다. 마음껏 눈물을 흘리고 먼 곳을 바라보니 바닷가에서 밤낚시를 하는 배의 등불이 대 여섯 개 나와 있었고 바닷가 가까이에 있는 집의 등불도 켜졌습니다. 지로는 그것을 한없이 바라보았습니다.

(2)

"지로야, 뭐가 그리 슬픈 거니?"

지로는 갑작스런 소리에 뒤를 돌아보았다가 가슴까지 기른 백발의 할아버지가 서 있어 잠시 놀랐지만, 다정스런 할아버지의 얼굴을 보니 안심을 했습니다.

"아버지 어머니 모두 돌아가셔서 슬퍼 견딜 수 없어 울고 있는 겁니다."

"그래. 아버지 어머니가 모두 돌아가셨다니 가엾구나. 하지만 죽은 사람은 다시 돌아오지 않는단다. 울지 말고 어머님이 돌아가실 때 하신 말씀대로 공부해서 훌륭한 사람이 되거라."

할아버지는 알기 쉽게 차근차근 말했습니다.

"네, 그런데 할아버지는 누구신데 어머니가 돌아가실 때 하신 말을 알고 계세요?"

지로는 자신을 불러서 들려주신 어머니의 말을 어떻게 이 할아버지가 알고 있는지 이상했던 것입니다.

"나말이야. 난 보다시피 백발의 할아버지란다. 난 모든 걸 다 알고, 또 그것을 이룰 수도 있지. 죽은 사람을 살려낼 수는 없지만."

"그러면, 할아버지."

지로는 말할까 말까 머뭇거렸습니다.

"뭔데. 말해 보렴."

"저는 슬퍼서 견딜 수가 없습니다. 친구들이 울보라 놀리는데, 할아버지, 저 이제 아무리 슬프더라도 눈물이 나오지 않게 해 주세요."

"눈물."

할아버지는 그렇게 말하고 잠시 생각하더니 이어서 입을 열었습니다.

"좋아, 해 주지."

할아버지는 가지고 있던 작은 막대기를 세 번 흔들었습니다.

"자 됐다. 지로, 내게 다음번에 용건이 있을 땐 여기를 세 번 치거라. 잊지 말고."

할아버지가 그렇게 말했지만 지로는 너무 기쁜 나머지 거의 귀담아 듣지 않았습니다. 할아버지에게 고마움을 표하고 인사를 한 후 곧바로 뛰기 시작했는데 너무 급했기에 돌에 걸려 넘어져 버렸습니다. 번쩍 정신이 들어 주위를 보니 그곳은 좀 전에 있던 곳으로 지로는 하염없이 묘석에 기대어 자고 있던 것이었습니다.

(3)

그 후 지로는 절대로 울지 않았습니다. 매일 매일 재미있는 놀이를 하며 지냈습니다. 히카루짱과 함께 장난도 쳤습니다.

그리고 정월이 되자 딱지놀이와 주사위놀이를 하며 다시 즐거운 날이 이어졌습니다. 히카루짱과 다투어 울고 있는 도미짱을 웃으며 위로해 주는 일도 종종 있었습니다. 그리고 지로에게는 우는 것이 이상하게조차 여겨지게 되었습니다. 한 번은 잘못해서 오른손 새끼손가락을 작은 칼에 베었는데 결코 눈물은 나오지 않았습니다.

그래서 지로는 모두에게 울지 않는 지로, 강한 지로라는 소리를 듣고 사이좋은 친구가 되었습니다.

정월도 지난 어느 날의 일이었습니다. 두 친구와 큰 돌을 옮길 때 한 애가 잘 들지 않아 돌이 떨어져 세 사람 모두 그 돌 밑에 손이 깔려 부상을 입었는데, 단지 지로만은 울고 있는 두 친구를 보고 있을 뿐이었습니다. 그리고 같이 돌 밑에 손이 깔렸는데 눈물이 나지 않는 자신이 왠지 슬퍼졌습니다.

그런 일이 있은 후 지로는 무엇을 해도 마음으로부터 즐겁지 않게 되었습니다. 자신에게는 눈물이 없는 거라고 생각하니 창피한 마음마저 들었습니다.

어느 날, 오빠 때문에 울고 있는 도미짱의 옆으로 다가온 지로는 도미짱보다 더 슬픈 마음으로 그녀를 보고 있었습니다.

"지로는 요즘 묘지에 가지 않네."

다 울고 난 도미짱이 말했습니다.

"아, 묘지."

지금 생각난 듯 지로는 정신이 번쩍 들었습니다.

그리고 얼마 있다 꽃을 든 도미짱과 둘이서 묘지에 갔습니다. 그런데 지로는 눈물이 나오지 않았습니다. 그때 문득 꿈에서 할아버지가 한 말이 생각나서 세 번 땅 위를 두드렸습니다. 그러자 어디선가 이런 소리가 났습니다.

"지로, 눈물이 소중한 것을 알았니. 자, 눈물을 돌려주마. 하지만 울기만 해선 안 된다. 어머니 말씀대로 열심히 공부해서 훌륭한 사람이 되어야 해."

지로의 눈에서는 뜨겁고 아름다운 눈물이 나왔습니다. 지로는 얼마나 기뻤을까요. 그리고 그 눈물을 닦지 않고 오랜만에 아버지와 어머니께 꽃과 선향을 올렸습니다.

두 개의 콩은 하나

니시무라 미쓰하루西村光治

(1) 두 개의 콩

어느 날 구복이라는 아이가 흰콩 한 알을 손바닥에 얹고 훅하고 불었습니다. 그것을 본 산키치라는 아이가 흥 하고 코웃음 치며 물었습니다.

"그거 뭐니?"

"콩이야."

"너네 집에서 만든 거니."

"응."

"뭐야 작네, 우리 집 콩이 더 크네."

"무슨 소리 잘 봐봐, 너네 집 콩이 작아."

"우리 게 작다고. 무슨 소리. 우리 게 커."

180

"큰 건 우리 거지."

"우리 거야."

"뭐라고 잘난 척 하긴 게다!"

"고무신!"

산키치는 게다를 신었고, 구복이는 고무신을 신었기에 서로 '게다!' '고무신!'이라며 상대에게 욕을 하고 '게다 망가져라!' '고무신 찢어져라!'는 말을 내뱉으며 자기 집으로 돌아갔습니다.

이렇게 두 사람이 또 다시 싸움을 하다니 한심한 일이었습니다.

(2) 온돌 지피기

어느 눈 오는 저녁이었습니다. 산키치가 게다 굽에 눈이 많이 달라붙어 넘어질 뻔하면서 읍에서 돌아오는데, 눈 속에 한 할머니가 주저앉자 있었습니다. 할머니의 머리에 얹어 있는 눈을 떨어드리며 말했습니다.

"할머니, 왜 그러세요."

"아, 고맙구나. 갑자기 배가 아파 쉬고 있는 거야."

할머니는 괴로운 듯 말했습니다. 산키치는 매우 안 되셨다 생각하면서 할머니의 차가운 손을 잡으며 말했습니다.

"할머니 댁이 어디세요? 제가 손을 잡고 모셔다드릴게요."

할머니는 산키치의 얼굴을 보고 매우 기쁜 표정으로 말했습니다.

"고맙네. 그럼 미안하지만 저기 언덕 위에 보이는 게 우리 집 인데, 가서 온돌을 지펴주게. 난 여기서 아픈 게 나아질 때까지 좀 더 쉬고 있을 테니까."

산키치는 고개를 끄덕이며 말했습니다.

"그럼, 온돌이 다 지펴지면 곧 모시러 오겠습니다."

할머니는 손을 흔들며 말했습니다.

"아니, 내가 갈 때까지 온돌 옆에 있어 주게. 부탁이야."

산키치는 할머니를 그대로 눈 속에 계시게 하는 것이 마음에 걸렸지만 할머니 말씀대로 해드리자 생각하고 언덕 위의 집을 찾아갔습니다.

작고 추운 집에는 새끼고양이 한 마리가 집을 지키고 있었습니다. "저렇게 나이 드신 할머니가 혼자이시고 온돌을 지펴드릴 사람이 아무도 없으니 불쌍한 할머니시다."라며 혼잣말을 하고 장작을 쪼개어 가마솥 아래에 불을 붙였습니다. 불은 활활 타서 방안이 점점 따뜻해졌습니다. 새끼고양이는 이미 기분이 좋아져서 가마솥 뚜껑 위에서 둥글게 누워 자고 있었습니다. 온돌을 다 지핀 산키치는 할머니를 모시러 갈까 여러 번 생각했지만 할머니 말씀대로 할머니가 돌아오시기만을 기다리고 있었습니다. 어느덧 밤이 되고 가마솥 밑에서 타오르고 있는 불만이 시뻘겋게 빛나고 있었습니다.

(3) 어부바

마침 그때 구복이는 예의 그 고무신을 신고 문밖을 나가보았습니다. 차가운 것이 볼에 닿지 않고 별이 반짝반짝 빛나기 시작했기에 숙부님 집에라도 놀러 갈까 하고 동구 밖까지 왔는데 놀랍게도 바로 한 치 앞에서 사람을 밟을 뻔했습니다.

"어머 이런 추운 곳에 어디 사시는 할머니세요?"

할머니의 어깨에 있는 눈을 털며 말했습니다.

"할머니, 왜 그러세요?"

"고맙네. 배가 아파서 지금까지 쉬고 있었어."

할머니는 작은 소리로 말하고 구복이를 붙잡으며 간신히 일어섰습니다.

"할머니 댁이 어디세요?"

"저기 언덕 위에 있는 집이야."

"그럼 제가 업어서 모셔다 드리겠습니다."

구복이는 할머니를 업었습니다. 할머니 몸은 작아서 가벼웠지만 언덕에 다다르자 구복이의 목덜미에선 땀이 줄줄 흘렀습니다. 간신히 언덕에 있는 집에 도착하자, 구복이는 자신도 모르게 '아 잘했다' 하면서 방안으로 들어가 앉았습니다.

"고맙구나, 고마워, 기특하지, 누워서 좀 쉬렴."

할머니는 정말 기뻐하며 구복이를 방석 위에 눕게 했습니다.

그러고서 할머니는 뭔가 찾으려는 듯 부엌 가마솥 쪽으로 갔는데, 산키치가 손에 장작을 쥔 채 뒷벽에 기대어 팥처럼 붉은 표정을 지으며 자고 있었습니다. 할머니는 빙그레 웃으며 구복이 쪽을 돌아보니 구복이도 꽤 힘들었는지 새근새근 자고 있었습니다. 집안은 온돌로 따뜻한 기운이 돌았고, 눈으로 젖은 할머니 옷자락에선 김이 모락모락 피어올랐습니다.

(4) 하나의 콩

할머니는 이따금 두 아이를 들여다보며 빙그레 웃었고 콩을 삶고 밤을 찌고 돼지고기를 굽거나 하면서 달그락 달그락 음식을 만들었습니다. 이윽고 노란 식탁 위에 세사람의 식사가 준비되자 할머니는 우선 산키치를 깨우고 식탁 앞에 앉게 했습니다.

"수고했구나."

"할머니, 제가 잤어요."

"아직 한 사람 더 자고 있단다."

"고양이요."

"아니."

할머니는 고개를 저어보이며 방석 위에서 자고 있는 구복이를 깨웠습니다.

"자, 이리로 와 앉아."

할머니가 상냥하게 말했습니다. 구복이는 눈을 비비며 와서 앉았습니다.

"앗! 고무신이다!"

놀라서 소리친 것은 산키치만이 아니었습니다.

"에! 게다!"

구복이도 놀라서 자신도 모르게 외쳤습니다.

"두 사람 모두 이상한 소릴 하는구나. 신발가게 시장에 온 것 같아."

할머니가 말했습니다.

"너는 구복이라는 아이고. 그리고 이쪽은 산키치라는 아이지."

할머니는 둘의 얼굴을 램프 불빛으로 쳐다보면서 이름을 말했습니다.

둘은 '어머! 어떻게 알까.' 하는 표정으로 할머니 얼굴을 뚫어지게 쳐다보았지만 모두 할머니 얼굴을 본 기억이 없었습니다.

"너희들은 잘 모르겠지만, 난 가끔씩 콩을 사러 가니 잘 알고 있지."

하면서 할머니는 사각 주발에 담긴 삶은 콩을 젓가락으로 집으며 말했습니다.

"이건 산키치의 집에서 산 콩이야. 자 먹어봐."

그러고선 이번엔 둥근 주발에 담긴 삶은 콩을 다시 젓가락으로 집으며 말했습니다.

"이건 구복이의 집에서 산 콩이고. 자 먹어봐."

두 사람은 사각 주발에 있는 콩과 둥근 주발에 있는 콩을 한 개씩 먹으며 비교해 보았습니다. 그러자 둘 다 매우 맛있어서 서로 얼굴을 마주쳐다보았습니다.

"둘 다 맛있지."

할머니는 둘이 수긍하는 걸 보고 다시 말했습니다.

"이 두 개의 콩 맛은 하나의 맛, 그리고 산키치와 구복이가 이 할머니를 불쌍히 여겨 도와준 마음도 하나, 자, 먹자. 이건 돼지고기 구운 거야."

그러고서 둘은 배불리 먹고 선물로 좋은 책까지 받아 기뻐 손을 잡고서 별이 내리는 얼어붙은 길을 걸어 집으로 돌아왔습니다. 그 날부터 산키치와 구복이는 남이 부러워할 만큼 사이좋은 친구가 되었습니다. (끝)

뻐꾸기의 울음소리

차기정車基鼎

옛날 어느 산속에 홀로 가난하게 살고 있는 청년이 있었습니다. 매일 아침 일찍부터 늦은 밤까지 장작을 패고, 그것을 팔아서 겨우 옷과 음식을 구하는 가난한 생활을 이어가고 있었습니다.

어느 날, 짙은 안개가 낀 아침에 여느 때처럼 연못가에서 열심히 풀을 베고 있었는데 뭔가 소나무 가지에서 팔랑거리고 있는 게 보였습니다. 뭐지 하고 가까이 가서 보니 꿈에서도 본 적이 없는 진귀하고 예쁜 옷이 있어서 청년은 기뻐하며 그것을 풀 소쿠리에 넣고 여념 없이 풀을 베고 있었습니다.

그런데 그때 선녀가 이 연못에 내려와 목욕을 하고 나와서 옷을 찾았지만 어찌된 일인지 놓아둔 곳에 옷이 없어서 이 청년 있는 곳으로 왔습니다.

"당신이 제 옷을 주우셨나요. 그 옷은 천인의 날개옷으로 그 옷이 없으면 저는 하늘로 올라갈 수 없습니다. 제발 돌려주세요.

지금 아침 해가 올라오는데 해가 뜨기 전에 하늘로 올라가야 합니다."

이렇게 선녀가 부탁했지만 청년은 좀처럼 그 부탁을 들어주지 않았습니다.

그 사이 해는 벌써 높이 올라와서 선녀는 더욱이 당황하였습니다. 청년은 물론 결혼하지 않은 독신이었습니다.

"당신은 그리 말하시지만 제가 주운 거니까 돌려드릴 수 없습니다. 저의 아내가 되어 준다면 돌려드리죠."

하고 청년이 말했습니다.

선녀가 아무리 부탁해도 들어주지 않아 하는 수 없이 진퇴양난으로 부부의 언약을 하고서 청년 집으로 돌아왔습니다. 그리고 칠팔 년이 지나 옥과 같은 아들 형제가 태어났습니다. 그래서 남편은 이제 됐다 싶어 어느 날 숨겨 놓은 날개옷을 꺼내 아내에게 건넸습니다.

그 해 5월 5일 단옷날이 찾아와 남편은 아내 위해 그네를 만들어 주었습니다. 아내는 기뻐하며 그립던 날개옷을 입었고, 한 아이는 등에 업고 또 한 아이는 품에 안고서 그네를 탔습니다. 그런데 그대로 점점 높이 힘차게 올라가더니 그만 쑥 하고 하늘로 올라가 버렸습니다. 남편은 실망한 나머지 멍하니 서서 말없이 적막하기 그지없는 푸른 하늘만 올려다보았습니다. 아무생각 없이 발길 닿는 대로 남산에 올랐는데 두 마리의 토끼가 싸움을 하고 있었습니다. 그래서 토끼에게 말했습니다.

"왜 싸우고 있니."

그러자 한 마리 토끼가 이렇게 말합니다.

"제가 이 나무열매를 주워서 가지려고 하자 저놈의 토끼가 억지로 뺏으려고 합니다. 이 나무열매는 심으면 하늘에 닿을 만큼 쑥쑥 자라는 진귀한 열매입니다."

남편은 하늘에 닿는다는 말에 갑자기 그 열매가 욕심났습니다. 그래서 너희들이 아무리 싸워도 좋은 수가 없으니 차라리 그 열매를 자신에게 달라고 했습니다. 토끼도 그게 낫겠다 싶어 그 방법이 좋으니 드리겠다고 합니다. 남편은 여러 번 고맙다 말하고 그 씨를 가지고 와서 재빨리 정원에 심었습니다.

그런데 정말 튼튼한 싹이 나오고 쑥쑥 자라서 일 년이 지나자 하늘에 가 닿았습니다. 남편은 기뻐서 그 나무를 타고 계속 올라갔고 드디어 하늘까지 올라 은하수 강기슭에 있는 커다란 버드나무 위에 올라가 있었습니다. 그러자 그 아래로 선동들이 물놀이를 하러 왔고 물에 비친 사람 그림자를 보고 놀랐지만, 금세 아버지란 걸 알고서 함께 집으로 왔습니다. 아내도 몹시 기뻐했지만, 선녀의 아버지는 인간이 천계에 오는 건 무례하다면서 어려운 문제를 풀게 했습니다. 그때마다 아내가 미리 문제를 가르쳐 주어 무사히 넘겼지만, 어느 날 다시 화살을 인간계로 쏘고 그 화살을 주워오라 명령했습니다. 남편은 다시 눈물을 흘렸고 그 일을 아내에게 말했더니, 아내는 말 한 필을 끌고 와 이 말은 천지간을 넘나드는 말이라면서 말이 두 번 울면 하늘로 올라가니 한 번 울 때 즉시 타야 된다고 당부했습니다.

남편은 인간계로 내려왔고 화살을 주워 돌아가는 도중 여동생이 있는 곳에 잠시 들렀습니다. 여동생은 오랜만에 만난 것이 기뻐 박국을 만들어 대접했습니다. 남편이 박국을 먹으려할 때 말이 큰 소리로 울었습니다. 그래서 남편은 아내가 당부한 대로 즉시 말을 타려 했습니다. 그러자 여동생이 모처럼 만든 박국을 먹지 않으면 안 된다며 다음을 기약할 수 없으니 먹고 가라하였기에 그도 그렇다 싶어 서둘러 먹고 있었는데, 말이 다시 한 번 크게 울더니 하늘로 올라가버렸습니다.

남편은 여동생이 권한 박국 한 그릇 때문에 가장 사랑한 처자를 영원히 만날 수 없는 슬프고도 슬픈 처지에 빠져버린 것입니다. 그 후 조석으로 울며 슬퍼하다가 천추의 한을 가지고 다신 돌아오지 못할 저 세상으로 가버렸습니다. 남편의 분하고 한스러운 영혼은 뻐꾸기가 되어 꽃이 피는 아침에도 잠 못 이루는 밤에도 이 산 저 산으로 옮겨 다니며 뻐꾹 뻐꾹(박국) 울고 있답니다. (끝)

뱀 잡는 아이

사토 쓰토무佐藤力

매일 매일 약수를 받으러 가는 소년이 있었습니다. 이는 오랜 병을 앓고 계신 어머니를 위해서입니다. 아버지는 뱀을 고이 잡아 그 뱀의 살과 북을 만드는데 쓰는 뱀의 껍질을 팔아서 생계를 유지했던 것입니다.

하지만 아버지는 소년 아이난이 어렸을 적에 돌아가셨습니다. 아이난은 어머니 한 분을 모시고 외로운 가정에서 자라 지금은 열두 살이 되었는데, 동물이라면 좋아하는 것이 전혀 없었습니다. 아니 뭐든 싫어했습니다. 작은 새와 개, 여치이며…….

학교에선 친구들이 싫어했고, 형과 여동생도 없어 외로웠을 게 틀림없습니다. 그렇지만 효자 아이난은 비가 오나 바람이 부나 약수 뜨러 가는 일을 빠뜨리지 않았습니다.

어느 날 안개가 아주 깊게 끼인 아침이었습니다. 아이난이 서둘러 약수를 뜨고 돌아오는데 큰 뱀이 앞을 가로막으며 길을 막

191

앉습니다. 아이난이 가장 싫어하는 것이 뱀입니다. 보는 것만으로도 마음이 얼어버립니다. 재빨리 큰 돌을 주워 던지려했습니다. 뱀은 고개를 쳐들며 덤벼들듯 했고 두 갈래의 혀를 날름 보이며 뭔가 신호를 하는 듯했습니다. 이상하다 싶어 가만히 보고 있는데 뱀이 몸을 좌우로 자유로이 구부리며 글자를 쓰는 것 같았습니다. 그 글자를 맞춰보니 이러합니다.

저는 근처 골짜기에 사는 뱀인데, 당신 아버지가 우리 아버지를 잡아 죽였습니다. 어머니는 계시지만 아프십니다. 저는 슬프고 외로워 당신들을 원망하고 있습니다. 만약 당신도 아버지와 똑같이 내 동료를 괴롭힌다면 즉시 원한을 갚을지도 모릅니다. 반대로 사랑해준다면 당신을 위해 뭔가 해주고 싶어서 여기서 기다리고 있었습니다.

아이난은 자기 어머니와 뱀의 어미를 견주어 생각하니 갑자기 뱀이 불쌍하다 여겨졌습니다. 그래서 뱀이 간 쪽으로 아침 도시락의 반을 던져주고 돌아왔습니다.

그날 아이난은 학교에서 돌아오는 길에 개천에 강아지가 버려져있는 것을 보았습니다. 왠지 모르게 불쌍하다 싶어 안아서 따뜻하게 해주자 기운을 차렸습니다. 집으로 데리고 와 둘도 없는 형제마냥 귀여워 해 주었습니다. 강아지는 자랄수록 영리했습니다. 약수를 뜨러 가거나 산으로 놀러가거나 항상 함께했습니다.

반년이 지나자 망아지만한 몸이 되었습니다. 이름을 헤일로라고 불렀습니다. 헤일로는 편지도 실수 없이 혼자 우체통에 넣을 수 있습니다.

날씨 좋은 어느 날, 아이난과 헤일로는 야산을 이곳저곳 뛰어 다녔습니다. 그런데 갑자기 헤일로가 코를 킁킁 거리기 시작하더니 아이난의 옷자락을 끌어당겨 한 동굴로 데려오게 된 겁니다. 그 동굴 안을 보자 놀라지 않을 수 없었습니다. 큰 뱀이 금궤를 에워싸고 있었습니다. 헤일로가 뛰어들려고 하자 뱀의 모습은 사라졌고 금만 찬란히 빛나고 있었습니다. 이 일을 학자에게 물어보니 금, 동 등이 매몰되어 있는 산이라 했습니다. 이후 아이난은 광산을 발견한 자로서 마을사람의 존경을 받게 되었습니다.

그뿐만이 아닙니다. 어느 날의 일이었습니다. 아이난은 바위 꼭대기에서 하녀인 듯한 아이가 훌쩍이며 울고 있는 걸 보았습니다. 이상히 여겨서 그 까닭을 물어보니 주인집 아가씨를 모시고 산에 수유나무를 꺾으러 왔다가 방금 저기 구멍에서 뱀이 머리를 내미는 바람에 아가씨가 놀라 발이 미끄러져 아래로 떨어졌다는 겁니다.

아래 물가를 내려다보니 떴다 잠겼다 하며 검은 형체가 떠내려가고 있었습니다. 아이난은 "가라." 하고 헤일로에게 명령했습니다. 십 미터 남짓한 낭떠러지를 헤일로는 점프해 날아 들어갔습니다. 헤엄치는 듯 보이더니 어느새 소녀를 가벼이 입으로 끌어서 낭떠러지 밑을 돌아 나왔습니다. 꼬리를 흔들고 있습니다.

"고맙다!"

아이난과 하녀가 똑같이 말했습니다. 산기슭을 내려오고 언덕을 넘고 하여 주인집까지 두 사람을 데려다 주었습니다. 주인집 부모는 놀라고 기뻐하며 아이난에게 많은 돈을 주었고, 헤일로에게는 금방울 목걸이를 주었습니다. 그리고 저녁까지 대접했습니다.

기분이 좋아져서 언덕까지 오자, 아이난의 앞뒤로 네다섯 명의 폭한이 나타나 돈을 전부 빼앗아버렸습니다.

헤일로는 주인의 명령을 기다리고 있었고, 신호를 받자 눈을 불 같이 뜨며 덤벼들었습니다. 즉시 다 물어버렸고 돈을 다시 되찾았습니다. 자세히 보니 이들은 마을의 불량소년이었습니다.

"그래 그래" 하고 아이난은 혼잣말을 하더니 되찾은 돈 전부를 나누어주고선 뭔가 일을 하라 권했습니다.

얼마 있어 아이난의 어머니는 쾌차하셨고 헤일로는 점점 살이 쪘습니다. 이후 아이난의 집은 끝없이 행복했습니다.

제2회 현상논문 응모자 성명(2)			
(도착순)			
咸南	金麒淳	慶南	中谷應道
京畿	田中末太	忠南	照尾敞夫
京畿	海野壽治	咸北	丁信鍾
平南	金馹洪	京畿	田野邊鶴一郎
咸南	金正悳	忠南	金顯泰
慶北	元孝燮	江原	南光夏
忠北	西山大四郎	忠北	朴駿緒
全南	時枚淸松	慶北	朴昌玉
江原	卓雷煥	平北	金炳涉
全北	竹下宗助	全南	梁川㚖
咸南	深澤傳一郎	慶北	權重武
慶南	淸水冬一郎	忠南	迫田邦彦
慶北	平野修一	平南	深江熊藏
慶北	嚴弼鎭		

195

동화

청개구리

김은상金殷相

옛날 어느 곳에 청개구리 한 마리가 있었습니다. 아버지는 일찍 돌아가시고 어머니와 둘이서 강가에 오두막을 지어 외롭게 살고 있었습니다. 어머니는 매우 상냥한 개구리였고 아들을 위해선 자기 몸이 힘든 것도 잊으며 일해서 소중하게 아들 개구리를 키웠습니다.

그런데 아들 개구리는 어찌된 일인지, 몹시 불효자여서 어머니의 고생은 마음에도 두지 않고 매일 놀기만 했습니다. 매일 매일 마을의 나쁜 친구들하고만 놀고 어머니 말은 하나도 듣지 않았습니다. 보통 아이이면 아무리 나쁜 아이라도 조금은 부모 말을 듣는데, 이 아들 청개구리는 하나에서 열까지 전혀 말을 듣지 않을 뿐만 아니라 오히려 반대로 동쪽으로 가라면 서쪽으로 가고, 이것을 하라면 저것을 하는 아주 제멋대로인 불효자 개구리였습니다. 하지만 어머니는 아버지도 없는 단 외톨이인지라 아주 소중

196

히 키웠습니다. 정말 고마운 어머니이지 않습니까?

그런데 어느 날 어머니는 중병에 걸려 아무래도 저 세상으로 가지 않으면 안 되게 되었습니다. 죽음이 임박해 오자 어머니는 난폭한 아들 개구리를 자신의 앞에 불러놓고 눈물을 흘리며 말했습니다.

"내가 죽으면 강가 근처에 묻어 줘라."

이렇게 유언을 하며 잠자듯 눈을 감았습니다. 어미 개구리가 이렇게 유언을 한 까닭은 강가에 묻어 달라면 분명 아들이 반대로 산에 묻어줄 거라 여겼던 겁니다. 자기 아들의 기질을 잘 알고 있었기 때문이죠. 아무리 아들 개구리라고 하더라도 어머니의 죽음을 보자 신의 마음이 되었습니다. 어머니가 살아계신 동안 너무나 그 말씀을 거역하고 온갖 불효를 다한 것을 후회하며 진실로 올바른 마음으로 슬퍼했던 것입니다. 아침부터 밤까지 밤부터 아침까지 며칠이고 계속해서 울기만 했습니다. 마을 개구리들도 이상하게 생각하며 그리도 불효자였건만, 부모 자식 정이란 게 저런 거군 하면서 다들 울었습니다. 어미 개구리들이 우니까 아이 개구리들이 따라서 울었습니다. 어른 개구리, 젊은 개구리, 아이 개구리 할 것 없이 모두 울었습니다. 잠시 이 마을에 큰 소동이 난 것입니다. 울고 있을 수만은 없어 마을 개구리들이 모여 장례를 치르기로 했습니다. 그때 아들 개구리가 말합니다.

"전 어머니 살아계실 동안 한 번도 어머니 말을 듣지 않고 난

폭한 행동만 저질러 어머니께 불효한 걸 생각하니 가슴이 찢어질 것 같습니다. 한데 지금은 효도를 하고 싶어도 방법이 없습니다. 다만 마지막 유언이신 '어머니가 돌아가시면 강변에 묻어 달라.' 고 한 이 말씀만큼은 지키겠습니다."

나이 든 개구리 중에 그건 당치도 않은 유언이라며 몹시 반대하는 개구리도 있었지만, 결국 유언대로 강변에 묻어주었습니다. 그 후 이들 개구리는 비오는 날이 되면 어머니 무덤이 홍수에 떠내려가지 않을까 걱정하며 울게 되었습니다. 장마 때 논 속의 수많은 개구리가 저리 우는 것도 그때부터 시작된 것입니다.

곶의 눈

후지타 소지|藤田草路

평화로운 이 마을에 봄이 왔습니다.

바다 끝까지 안개로 부옇고 기분 좋은 잔물결이 해변 모래에 사각사각 녹아들 듯 밀려오고 있습니다. 이파리도 나무 밑동도 쓸쓸히 말라있고 북풍이 부는 대로 맡겨진 학교 뒤의 언덕에는 잔디가 새파란 융단을 깔았습니다. 막 피어나려는 벚꽃 봉우리 사이로 아이들 재잘거리는 소리마저 들려오는 듯 했습니다.

늘어선 집들, 기와장의 물결, 길가는 사람 그림자에까지 흔들흔들 아지랑이가 피어오르고, 부드럽고 따스한 봄 기운이 이 마을 전체를 감싸고 있는데……

이 마을 북쪽 바닷가에, 요괴마냥 바다로 돌출한 귀신 곶鬼ヶ岬만은 겨울과 다름없는 짙은 녹색의 차가운 그림자를 바다로 떨어뜨리며 이 평화스런 항구 마을에 뭔가 불안함을 가져다주었습니다.

곳은 새까만 바위로 나무 한그루 안보이고 미끈미끈한 이끼가 전부 뒤덮여 있으며 기분이 안 좋을 만치 축축했습니다. 그리고 그 옆에 큰 동굴이 있는데 멀리서 보면 새까맣고 둥근 그 동굴은 곳의 눈처럼 보였습니다. 하나의 큰 눈 같은 곳에서는 밤이 되면 뭔지 모를 무서운 소리가 들려오고 낮이 되면 이 마을을 노려보고 있는 듯이 보였습니다.

젊은 사람들은 그냥 '올빼미 둥지'라고 간단히 말하지만, 이 한 눈의 곳은 즐거운 봄이 오고 햇빛 쨍쨍거리는 여름이 되어도 이 마을을 저주라도 하고 있는 듯이 보였습니다.

힘 센 남자가 이 동굴을 살피고자 들어간 적도 있었지만, 가도 가도 끝없는 동굴 깊이에 두려워져 끝까지 갔다 돌아온 사람은 없었습니다. 다들 추워 덜덜 떨다 새파래져서 나왔습니다.

그 곳 옆에 아름다운 샘이 있었는데 마을사람들은 곳의 눈물이라 했습니다. 파랗고 맑은 수정과도 같은 물이 검푸른 바위틈으로 새어나오고 항상 가득 흘러넘쳤지만 무서운 곳이 있는 부근이라 이 샘물을 받으러 오거나 마시러 오는 사람도 없었습니다.

그런데 얼마 전부터 매일 이곳으로 샘물을 받으러 오는 겐짱이라는 아이가 있었습니다. 열두 살인 겐짱은 할아버지와 단둘이 사는 부모 없는 불쌍한 아이입니다. 그 하나뿐인 할아버지가 이상한 병에 걸렸습니다.

어느 날 밤의 일입니다. 문득 겐짱이 잠을 깨니 한밤중이었습니다. 갸 갸 하는 무서운 소리가 곳의 눈이 있는 근방에서 들려왔습니다. 밤은 조용한데 들려오는 소리에 기분이 오싹해져 겐짱은 옆에서 자고 있는 할아버지를 깨우려 했습니다. 그런데 어찌된 일인지 할아버지가 흰 눈자위만 부라리며 벌떡 일어났습니다. 그러더니 끙끙 신음을 하면서 요 위를 구르다가 무서운 얼굴로 겐짱을 노려봅니다.

"할아버지, 할아버지"

겐짱이 열심히 할아버지에게 매달렸지만, 할아버지는 겐짱을 뿌리쳐 버리는 것이었습니다. 그렇게 조금 있다가 할아버지는 다시 누워 새근새근 잠이 들어버렸습니다. 하지만 겐짱은 슬프고 무서워서 그날 밤은 전혀 눈을 붙일 수가 없었습니다.

다음날 아침 할아버지께 이야기했더니 할아버지는 "그런 일이 있을 리 있겠니? 겐짱이 꿈을 꾼 거겠지." 하고 말씀하시고 믿어 주지 않았습니다. 겐짱도 꿈이었나 하고 생각했지만 그것은 꿈이 아니었습니다. 다음 날 밤과 그 다음 날 밤에도 똑같은 일이 이어졌고, 할아버지 몸은 차츰 말라 쇠약해져 갔습니다. 겐짱은 이상하다 여겨졌습니다. 할아버지는 계속 겐짱의 꿈이라고 하십니다. 그래서 겐짱은 이웃집 아주머니께 말씀드렸습니다. 아주머니는 눈썹을 찌푸리고 목을 갸우뚱거리며 말씀하십니다.

"어쩜 곳의 저주일지도."

"저주가 뭐에요."

걱정스러운 듯 겐짱이 물었습니다.

"저걸 보렴. 저 귀신 곳의 한쪽 눈이 할아버지에게 장난을 치는 게 아닐까 싶어. 곳의 눈물을 마시게 해 보렴. 좋아질지도 모르니."

아주머니가 빙그레 웃으며 가르쳐주었습니다.

곳을 바라보니 크고 시커먼 기분 나쁜 한쪽 눈이 겐짱의 집 쪽을 가만히 응시하고 있었습니다. 하늘에선 따스한 태양이 훈훈하게 마루 끝을 비추는데 순간 겐짱은 몸에 한기를 느꼈습니다. 하지만 건강한 겐짱은 매일 아침 일찍 집의 물독에 수돗물 대신 곳의 눈물을 받아올 결심을 했습니다. 그 후 겐짱은 매일아침 양동이를 양손에 들고 곳까지 샘물을 기르러 다녔습니다.

맑은 물을 양동이 가득 담고선 반드시 곳의 동굴에 갔습니다.

'이것이 할아버지한테 못된 짓을 하는 구나.' 하고 생각하니 화가 나서 견딜 수가 없었습니다. 겐짱은 곳의 텅 빈 동굴 안을 들여다보면서 "할아버지한테 못된 짓을 하면 이거야." 하면서 작은 주먹을 치켜 올리며 위협했지만 곳의 눈은 아무 대답도 하지 않습니다. 어쩔 수 없이 빙글빙글 두세 번 주먹을 휘두르다 "내일까지 잘 생각해 둬. 내일도 올 거니까. 알겠니. 겐짱 주먹은 아파."

그렇게 들려주고 돌아옵니다. 매일 같은 일을 반복하며 일주일이 지나갔지만 할아버지 건강은 나빠지기만 했습니다. 오늘도 겐짱은 곳의 눈에 주먹을 치켜 올리며 말했습니다.

"오늘은 주먹을 날려버릴 테야. 대답해. 이놈."

아무리 그렇게 말해 보아도 동굴은 대답하지 않습니다. 겐짱은 매우 화가 났습니다.

"좋아! 최후의 돌격이다."

겐짱은 뻗은 주먹을 치켜 올리며 동굴을 향해서 달려 들어갔습니다. 동굴 안의 어두움과 무서움도 잊고 계속해서 달렸습니다. 그런데 뭔가에 툭 하고 부딪치게 되었습니다.

"이놈이군! 내 주먹 받아라. 할아버지한테 못된 짓을 한 게 네 놈이지."

겐짱은 양손으로 호되게 두들겼습니다.

그러자 소리가 났습니다.

"잠깐! 잠깐만! 사람을 잘못 본거야. 기다려! 기다리라구! 야 겐짱이군." 하는 소리가 들렸습니다.

"누구냐? 날 겐짱이라고 부른 것은?"

겐짱도 지지 않고 힘차게 물었습니다. 그런데 그 다음 소리가 들리지 않았고 어둠 속에서 똑똑 물방을 떨어지는 소리만이 들려 왔습니다.

"누구냐?"

하고 다시 되물었지만 아무 대답도 나질 않았습니다. 이렇게 되자 긴장한 마음에 외로움이 몰려옵니다. 겐짱은 훌쩍거리기 시작했습니다. 그리고 왔던 길로 흐느껴 울며 되돌아가려 했습니다.

그런데 갑자기 조용한 동굴 안에서 가냘픈 목소리가 들려옵니다.

"겐짱. 내가 잘못했어. 이젠 할아버지를 괴롭히지 않겠어. 이제부터 할아버지와 사이좋게 지낼게. 안심해."

"그것 봐! 내 주먹이 아프지."

울던 겐짱이 갑자기 힘이 났습니다.

"아 아파. 용서해 줘."

곳의 눈이 대답합니다.

그날 밤 오, 육년 전 집을 나가 행방불명이었던 겐짱의 아버지가 난데없이 돌아왔습니다. 늙으신 할아버지 얼굴에는 이, 삼년 만에 즐거운 듯한 미소가 번졌습니다. 그리고 할아버지의 병도 점점 좋아졌습니다.

초겨울의 따뜻한 어느 날의 일입니다. 마루로 나온 할아버지께 겐짱은 지금까지 비밀로 해 두었던 곳의 눈을 정벌한 용맹스런 이야기를 들려드렸습니다. 할아버지는 웃으며 듣고 계십니다. 마당의 정원수를 손질하고 있던 아버지 얼굴에 눈물과 쓴웃음이 지어졌습니다.

'곳의 동굴에 있었던 건 아버지였을까요?'

현명한 겐짱은 그 모습을 보고 이런 의문을 품었습니다.

청룡과 황룡

엄필진嚴弼鎭

옛날 옛날 어느 곳에 활을 아주 잘 쏘는 유명한 궁사가 한 사람 있었습니다. 일리─厘68)동전을 일곱 여덟 칸(약 14미터) 되는 건너편에 실로 매달아 놓고 이쪽에서 그 구명을 쏘아 맞출 만큼 명수였습니다.

어느 날 밤 꿈에 한 노인이 이 궁사에게 찾아 와 이렇게 말합니다.

"전 귀공 마을 건너 연못에 오랜 세월 살고 있는 청룡입니다. 그런데 요즘 다른 곳의 황룡이 찾아와 제가 사는 곳을 차지하려 합니다. 전 정든 연못을 외지의 황룡에게 쉽사리 빼앗길 수 없어 매일 싸우고 있습니다. 그렇지만 당장 청룡을 물리칠 수가 없습니다. 귀공께선 활을 무척 잘 쏘시니 청룡을 쏘아 죽이는 것쯤은

---

68) 옛 화폐 단위, 전錢의 10분의 1.

쉬운 일이겠지요. 모쪼록 절 불쌍타 여기시고 한 번 활을 쏘아주십시오.”

아주 간곡한 부탁이었습니다. 그래서 이 궁사가 말했습니다.

“자네 부탁은 쉬운 일이니 도와주겠네. 근데 무엇을 겨냥해서 활을 당기면 되겠는가?”

그러자 노인이 이렇게 말하며 약속했습니다.

“내일 정오경에 연못가로 오십시오. 그러면 그때 비바람이 세차게 불고 파도가 높이 일렁일 겁니다. 그때가 격전이 한창일 테고, 그때 파도 위로 두 개의 등이 나타날 겁니다. 그 등이 파란 것이 저이고 황색인 것이 그놈이니, 그놈을 겨냥해 화살을 당겨 죽이십시오. 꼭 당부드립니다.”

그렇게 꿈을 꾸다 닭이 날개를 치는 소리에 꿈을 깼습니다.

궁사는 이상한 일도 다 있다 싶었지만 한번 해 볼까 하고 다음 날 정오경이 되자 화살을 준비하고 연못가에 숨어 상황을 살피고 있었습니다.

그러자 예상대로 천둥이 치고 번개가 번쩍이더니 무서운 기운이 돌았습니다. 그리고 떼구름이 춤을 추며 내려오자 황룡의 등이 보였습니다. 그런데 궁사는 기가 죽어서 활을 당길 수가 없었습니다. 그러자 갑자기 구름은 사라졌고 다시 날이 개이어 용의 모습도 보이지 않게 되었습니다. 그래서 궁사는 집으로 돌아와 버렸습니다.

그날 밤 꿈에 다시 노인이 나타나 아주 한스러운 듯 말합니다.

"오늘 왜 그 미운 황룡을 쏴 죽이지 않았습니까?"

"오늘 일은 정말로 미안하네. 용을 그림에서만 보았지 실제 본 건 처음이라 무서워서 활을 당길 수가 없었네. 하지만 내일은 틀림없이 쏘겠네!!"

"무리인 것은 알지만 내일은 반드시 그놈을 쏴 죽여주십시오."

노인이 다시 부탁하고 사라집니다.

다음날이 되어 다시 그 연못 근처로 갔고 쏠 결심을 하고 조마조마한 마음으로 기다리고 있었습니다.

그러자 정오경이 되고 다시 어제처럼 청룡과 황룡이 검은 구름에 싸여 격전을 벌이기 시작했습니다.

드디어 격전이 한창일 때 황룡이 위에 청룡이 아래에 있어 황룡 가슴을 겨냥해 화살을 확 쏘았습니다.

그러자 금세 반응이 있는지 비가 내리듯 피가 줄줄 떨어져 연못이 붉은 색으로 변했고 조금 지나자 하늘도 활짝 개이고 파도도 잠잠해졌습니다.

"아, 오늘은 노인 소원을 이루어주었으니 매우 기쁘다. 세상 약자를 도와주고 강자를 책망하는 건 무사의 도리요 정의로다."

그리 말하며 궁사는 싱글벙글거리며 집으로 돌아왔습니다.

이윽고 밤이 되어 궁사가 잠자리에 들었습니다. 그리고는 다시 꿈을 꾸게 되었고 그 꿈에 노인이 다시 찾아와 웃으며 말합니다.

"오늘 정말 수고하셨습니다. 그 미운 황룡을 멋지게 쏴 죽였으니 이제 안심하고 살 수 있습니다. 이것은 모두 당신 덕분입니다. 그래서 답례를 하고 싶은데 원하시는 게 있으시면 사양 말고 말씀해 주십시오."

"아니 그런 말씀 마십시오. 답례 따윈 필요하지 않습니다."

"사양마시고 말씀해주십시오. 모처럼의 일이니 귀공이 바라시는 게 있으시다면 들어드리겠습니다."

"저는 딱히 바라는 건 없지만, 다만 이 나이가 되도록 아들 하나가 없으니 그것이 걱정입니다. 그 외 아무런 바람도 없습니다."

궁사는 이렇게 말했습니다. 그러자 노인이 웃으며 말합니다.

"그것은 쉬운 일입니다. 걱정할 거 없습니다."

하면서 노인의 모습이 사라지자 꿈에서 깼습니다. 그런데 다음 날 밤 아내의 꿈에 다시 그 노인이 나타났습니다.

"내일은 댁에 좋은 일이 있을 거라 여겨 미리 축하하러 왔습니다."

그러자 아내는 "당신은 어디에서 오신 분이신지요? 내일 좋은 일이라니요……."

하면서 되물으려 하자 노인은 "……이만 물러나겠습니다." 하면서 노인의 모습은 사라져버렸습니다. 궁사의 아내는 "이상한 일도 다 있군. 집에 무슨 좋은 일이 있으려나." 하면서 간밤의 꿈이 마음에 걸려 견딜 수가 없었습니다. 다시 밤이 되고 잠자리에 들었습니다.

아내의 꿈에 오색의 반짝반짝 빛나는 떼구름을 타고 한 옥구슬 같은 귀여운 사내아이가 하늘에서 스르르 내려와 품에 안겼기에 너무 기뻐하다 잠이 번쩍 깨었습니다. 그리고 그 다음날부터 임신하여 10개월 만에 예사롭지 않은 옥구슬 같은 사내아이를 쉽게 낳았습니다.

용에게서 얻은 아이라 하여 이름을 용득이라 지었습니다.

이 아이는 무럭무럭 자라 결국 그 나라 왕이 유일하게 총애하는 신하가 되었다 합니다. 경사스런 일입니다.

제2회 현상논문 응모자 성명(3) (도착순)			
全南	相良梅雄	平南	森憲治
忠南	林南基	忠南	安達德太郎
咸北	雨宮八六	咸北	朴昌學
全北	北島裂裟一	江原	藤田武雄
忠北	稗田宇一	忠北	水越順
京畿	鳥原充好	平南	申國鉉
慶南	扇田㢳	京畿	時長宗治
京畿	金鎬鳳	평南	加藤次郎
江原	篠原實	全南	石田德廣
慶北	李泰元	咸北	松本弘
黃海	井上勇	慶北	金石根
平南	崔宗峰	慶南	中尾彦助
忠南	菅政之丞		이상 84명

희귀한 병

야마다 데츠山田鐵

1

우상은 괭이를 쥔 손을 멈추고 한숨을 쉬었다. 방금 다시 판 흙이 스르륵 무너졌다. 태양은 은빛 화살과도 같은 빛을 눈이 부시게 쏟아내고 있다. 건너편엔 소가 헐떡이며 삼각모양의 밭을 갈고 있다.

"난 정말로 병이 났나봐. 이런 보잘 것 없는 시골에 있으니 병이 나지! 아아, 도시로 가서 금빛 옷을 입고 기운차게 다녀보고 싶다. 그럼 이 병도 없어질 텐데……."

우상은 묘지의 잔디에 괭이를 내던지고 회상 속에 잠겼다.

항상 뭔지 모를 어려운 책을 가지고 다녔던 친구 갑준이 이런 말을 했었다.

"자넨 왜 이런 보잘 것 없는 시골에 있어! 난 지금 박사논문을 독일어로 쓰고 있네. 와 보게! 자넬 도와줄 테니."

대관大官 비서라고 말한 을용은 뭐라고 했지.

"군수나 지사라니! 내가 대관에게 말하면 당장 고등관이 될 수 있어."

그리고선 금으로 가장자리를 두른 멋진 명함을 주었다.

"우리 회사는 백 원정도의 봉급은 언제든 나오지. 난 자가용으로 통근하고 있어!"

하이칼라의 젊은 신사가 된 병석이 말했다.

도시로! 도시로! 가슴 속에서 뭔가 단단한 것이 끊임없이 우상의 마음을 꼬드겼다.

2

몹시 울어 눈이 부으신 어머니를 남겨두고, 우상은 서둘러 여행길에 올랐다.

소 한 마리와 쌀 한 섬이 여비의 전부였다.

"이것만 있으면 문제없다! 배가 고프면 밥을 짓고 피곤하면 소를 타고 간다. 됐다!"

우상은 긴 봄날을 느릿느릿 걷고 있었습니다. 만나는 사람들의 비웃음도 아랑곳 않고 의기양양한 양반걸음으로 걷고 있었습니다.

212

배가 고파진 우상이 길가의 돌을 모아 밥을 지으려 하고 있는데 한 남자가 성큼성큼 다가왔습니다.

"무얼 하십니까?"

"밥을 지으려고 합니다."

"그러지 말고 저와 함께 가십시오. 좋은 밥을 먹게 해 드리겠습니다."

친절한 말씨에 우상은 그 남자와 함께 길가에 있는 밥집으로 들어갔습니다.

배불리 먹은 후 돌아갈 때에는 밥값 대신 쌀을 놓고 가야 했습니다.

"덕분에 배도 부르고 짐도 가벼워졌습니다!"

우상은 그렇게 정중히 그 남자에게 고마움을 표하고서 소에 올라 타 천천히 걸어가기 시작했습니다.

해 질 무렵 다시 한 남자와 길동무가 되었습니다. 남자는 친절히 물었습니다.

"어디까지 가십니까?"

"도시로 갑니다!"

"이거 큰일났군! 이 소를 타고 가면 열흘이나 걸립니다. 제가 좋은 방법을 가르쳐드리겠습니다."

친절한 남자가 우상을 정거장으로 안내했습니다.

"이 차표만 있으면 됩니다!"

빨간 차표 한 장 값이라 하고서 우상의 소를 가지고 가버렸는데 우상은 그 남자에게도 고맙다고 말했습니다. 넓은 기차 안에서 거만한 태도로 앉아있는 우상은 정말 기분이 좋았습니다.

"아! 이제 거추장스런 것들이 없으니 홀가분하군!"

3

도시에 도착한 우상은 곧바로 앞으로 박사가 될 갑준이 있는 활판 인쇄소를 찾아갔습니다. 갑준은 기름투성이가 되어 활자를 만지고 있었습니다.

"대단하군! 이것은 대체 뭐라고 읽는 건가!"

"음! 이것은 독일어라네!"

우상은 감탄하면서 활자를 만지작거리고 있었습니다. 그때 주인이 얼굴을 내밀며 호통을 칩니다.

"어이! 어디서 온 자인지 모르지만 일하는데 방해하지 말고 썩 나가게!"

우상은 낙담하며 그 집을 나왔습니다.

4

우상은 을용을 찾아갔습니다.

대관 저택은 금방 알 수 있었습니다.

현관에서 물었더니 큰 소리로 야단을 칩니다.

"그런 비서관은 없네!"

뒷문으로 가 묻자, "음! 이쪽으로 오게……." 하고 안내받은 곳은 서생이 기거하는 방이었습니다.

"판임관이라도 좋으니 써 주십시오!" 하고 부탁을 하자, "그럼 내일 아침에 말씀드려 보겠네!" 하고 약속했습니다. 그러나 그 다음날 아침 대관이 외출할 때 보니 메뚜기처럼 고개를 숙이고 있을 뿐 한마디도 하지 않았습니다.

5

화려한 관리복을 입을 거라는 기대에 실망한 우상은 △△회사의 중역 고급사원이라 말한 병석을 찾아갔습니다. 큰 벽돌로 지은 회사라 금방 알 수 있었습니다. 하늘을 찌를 듯한 큰 굴뚝에선 세찬 연기가 하늘로 춤추며 올라가고 있었습니다.

멋진 회사원이 돼야지 하면서 문 앞으로 왔는데 "근무 중엔 들어갈 수 없네!" 하고 삼엄한 수위가 가로막았습니다.

할 수 없이 6시 퇴근 기적이 울릴 때까지 근처의 초원에 누워 있었습니다.

오늘 아침부터 한 끼도 먹지 못한 우상은 들판의 풀을 자유로이 뜯어먹고 있는 곤충들이 부러울 따름이었습니다.

6

기적이 울리고 중역들이 자가용으로 귀가하기 시작합니다. 우상은 병석이 나오길 뚫어지게 바라보고 있었지만 끝내 보이지 않았습니다. 조금 있다 작업복을 입은 직공들도 줄줄이 다들 돌아갔지만 병석의 얼굴은 없었습니다.

"아마도 좀 전에 자가용을 타고 간 게 틀림없어. 어쩐다!"

기운이 빠진 채 걷고 있는데 부—하고 무서운 기세로 오고 있는 차에 부딪칠 뻔 했습니다. 화물자동차입니다.

그 화물자동차 위에서 새하얀 이를 드러내며 웃고 있는 검은 얼굴의 남자가 있었습니다.

"야, 우상 아닌가? 잘 왔네!"

그날 밤 차가운 이불 속에서 이야기를 나눴습니다.

"뭐든 좋으니 일만 하게 해 주게?"

"자네 주판이나 부기 할 줄 아나?"

"아니! 부기가 뭔데?"

"이거 안 되겠군…… 그래! 나랑 같은 일을 하면 되겠네!"

"고급사원 말인가!?"

"맞아."

다음날 아침, 우상은 신이 나서 출근했습니다.

고급사원이 있는 곳은 높은 사다리를 타고 올라가지 않으면 안 되었습니다. 그곳은 굴뚝 꼭대기였습니다.

병석은 석탄 그을음에 검게 된 얼굴로 빙그레 웃으며 말합니다.

"자네, 보게! 사장이고 중역이고 모두 우리 밑에서 일하고 있지 않은가. 유쾌하지 않나. 대신, 대장 빌어먹을 것들!"

병석은 힘껏 굴뚝 청소를 했지만, 우상은 너무도 슬퍼 일이 손에 잡히지 않았습니다.

"아! 고향이 그립구나!"

하고 말하고선 생각 없이 뒤를 돌아보려다 발을 헛디뎌 눈 깜짝할 사이에 일초에 몇 백 미터의 속도로 탄환처럼 떨어져 버렸습니다.

7

우상은 하얀 이불에 싸여 있었고, 무척이나 외로운 병실이었습니다.

"난 드디어 죽었구나!"

그렇게 생각하자 하염없는 눈물이 볼을 타고 흘러내렸습니다. 병실이 눈물 때문에 희미하게 보였습니다. 이 희미한 빛 속에서 흰 옷을 입은 사람이 보였습니다.

"아, 아버지!"

벌떡 일어나려 했으나 발이 움직이지 않습니다. 아버지와 같은 수염을 기른 사람이 조용히 말렸습니다.

"움직여선 안 되네!"

우상은 아직 살아있다는 걸 알고 너무나도 기뻤습니다.

병석이 병문안을 와 주었습니다.

"기분이 어떤가?"

"깜짝 놀랐다네! 수 백 미터 높이의 그 큰 굴뚝에서 떨어졌으니. 큰일 났다 생각했는데 다행이었지 않은가. 마침 걸어 다니고 있던 개를 덮쳤으니. 자네 대신 개가 죽었네."

우상은 뜻밖의 행운으로 목숨을 건졌다는 걸 알았습니다. 대엿새가 지나고 의사가 빙그레 웃으며 들어왔습니다.

"제 병이 무엇입니까?"

우상이 묻자 "무슨 병일까요? 이름이 없는 병일세. 이번에 나으면 두 번 다시 걸려선 안 되네요!"

하고 의사가 가르쳐 주었습니다.

8

2주일 후에 우상은 기차의 창문으로 그리운 고향의 적토 산을 바라보고 있었습니다.

9

대지의 땅속까지 꽁꽁 얼었던 밭의 흙도 슬슬 녹았습니다.

서리꽃이 피고 마른 나무 밑에서 푸른 싹이 작은 얼굴을 내밀기 시작했습니다. 녹아드는 따사로운 태양이 비치고 종달새가 검은 점이 되어 푸른 하늘에서 지저귀는 날이 왔습니다. 병이 나은 우상은 부쩍 건강해져 오로지 논밭을 일구고 있었습니다. 그래서 잃었던 쌀 수 백 섬이 생기고, 잃어버린 소의 몇 배나 되는 좋은 소를 사서 어머니와 단둘이 행복하게 살았습니다.

10

몇 년의 세월이 지났습니다. 우상은 더 열심히 일만 했습니다. 이웃 젊은이도, 이상한 병이 걸린 자도 우상이 진단하면 약도 먹지 않고 부쩍 부쩍 나아갔습니다.

그래서 주위에 그런 병이 없어졌습니다. 그 병은 무엇이었을까요.

모르시는 분은 지붕 위에 있는 새에게 물어 보세요. 아마 가르쳐줄 겁니다.

(1927. 11. 30)

동화

파리와 개미 이야기

우종철禹鍾喆

　　파리는 아무도 좋아하는 사람이 없을 것입니다. 위생상 말씀드리지 않더라도 평소 독서를 하거나 낮잠을 잘 때 파리는 우리들을 방해해서 5월의 파리五月蠅라 쓰고 '우루사이(시끄럽다)'라고 읽습니다. 그러나 사람들이 싫어하는 파리이지만, 스스로는 아주 잘났다 여기며 살아갈 가치가 충분히 있다고 으스댈지 모릅니다.

　　만물이 모두 뜨거운 열기로 고생하는 어느 여름날, 개미와 파리가 만났습니다.

　　"파리 안녕."

　　"야, 개미 군. 몹시 더운데 열심히 일하는군. 좀 쉬게."

　　둘은 그곳에 앉아서 세상 돌아가는 이야기를 시작했습니다.

　　"드디어 총독도 A 씨가 되었군. 이제부터 세상은 재미가 있겠어."

　　"아니, 우리들에겐 A 씨가 총독이 되든 B 씨가 내각을 차지하든 별로 관계가 없네. 이렇게 일만 하면 이 겨울도 걱정이 없을 테니 말일세.”

“변함없이 개미 군은 촌스러운 소릴 하는군. 좀 놀면서 천지의 호연지기를 느껴보게. 대체 자넨 몸도 작지만 마음도 작아. 게다가 자네들 생활은 정말로 빈약하네. 그저 일만하고 조금도 유쾌하지도 않고, 작은 죽은 벌레만을 찾아다니고 있으니. 우리들 생활은 거기 비하면 훨씬 훌륭하지.”

그렇게 둘은 어느 쪽의 생활이 더 나은지에 관해 논쟁을 벌이기 시작했습니다.

파리가 으스대듯 어깨를 치켜 올리며 의기양양해서 말합니다.

“아무리 자네가 무슨 소릴 해도 내 생활과는 비교가 안 되지. 우선 생각해 보게. 신이 계신 궁이나 부처님이 계신 절에도 자유로이 출입할 수 있고, 신이 드시는 술을 핥을 수 있고 부처님이 드시는 음식도 먹을 수 있네. 그리고 황송스럽게도 어전으로 날아 들어가 임금님 어깨에 앉아 쉴 수 있는가 하면, 공주님 얼굴에 앉는 것도 자유롭다네. 미안한 말이지만 자네처럼 매일 매일 온통 땅만 기어 다니며 죽은 벌레를 핥아 먹고 사는 것하고는 신분이 다르지.”

개미는 이 말을 듣고 천천히 입을 열었습니다.

“자네 말도 맞긴 하네. 하지만 자네가 궁과 절에 들어가는 건 허락을 얻은 게 아니라, 말하자면 도둑과 같은 거지. 게다가 임금님과 공주님을 가까이 할 수 있다 으스대지만, 내겐 도무지 납득이 가지 않네. 지난번에도 임금님의 어전에서 호되게 신하들에게 쫓겨나 겨우 목숨을 구했다고 말하지 않았나. 아니 어전뿐 아니지. 사람들도 싫어해서 자네가 가는 곳엔 어디든 파리 잡는 도구라든가 파리 잡는 끈끈이, 독 화살이 장치되어 있지 않은가. 게다가 한눈팔다 파리채로 철썩 맞기라도 한다면 여지없이 짜그라지지. 아니 그것뿐인가, 자넨 날 죽은 벌레 핧아 먹는다 비웃었지만 자네들이야말로 나보다도 더러운 것을 먹는 걸 종종 보았지. 그 더러운 쓰레기장과 변소에서 사는 건 대체 누구 친구인지 생각해 보았는가. 그리고 봄, 여름은 한가로이 놀고 있다가 가을이 되면 말라 쇠약해지고, 거지처럼 가는 목소리로 울면서 여기 저기 먹을 것 구하러 다니다 끝내는 날 수도 없게 되어 길에 쓰러져 죽는 게 어떤 친구던가. 우린 몸도 작고 촌스러울지는 모르지만 가을이 오고 겨울이 되어도 먹을 것이 집 안에 산처럼 쌓여 있어 굶어죽을 걱정 없고 사람들이 싫어하지도 않아 마음 편하게 생활할 수 있네. 자네의 생활과 비교하면 내 생활은 검소하지만, 정말로 어느 쪽이 더 좋은지 생각해 보게. 너무 큰소리치지 말고, 다시 겨울이 와서 굶게 되면 우리 집으로 오게. 자네 하나쯤은 먹여줄 수 있으니. 자 언제까지 쉬고 있을 수 없지. 바쁘니 이만 실례하겠네. 그럼.”

개미는 부지런히 가버렸습니다.

222

여러분, 여러분은 파리의 생활과 개미의 생활 중 어느 쪽이십니까? 이상.

(1927.12.4.)

투고 환영

논문, 연구, 잡록, 문예(단편소설, 희곡) 등의 투고를 환영합니다. 이백 자 원고용지에 잘 써서 송부해주시기 바랍니다.

우수 원고는 약간의 사례를 하겠습니다.

문교의 조선 편집부

평화의 사자—미국인형과 답례사 일본의 소녀

 일미친선으로 연약한 몸에 무거운 책임을 짊어지고서도 힘든 표정 짓지 않고 언제나 방긋이 웃는 모습의 순진한 다섯 인형들은 우리 과학관을 영원히 머무를 땅으로 결정하게 되었다. 말도 통하지 않는 조선에 와 그리운 고향 부모와 친구들에게 영원한 이별을 고했다. 당시의 눈물도 지금은 다 말랐고, 즐거운 생활을 과학관의 계상階上, 일본 가옥에서 보내고 있는 것이다.

 그 가옥 안에서 평화의 답례사인 일본 소녀의 아름다운 사진과 조선의 풍속인형, 여학생, 기생 등의 모습을 신기하게 바라보며 매일 매일 수백 명의 관람객한테 "귀엽다", "예쁜 인형"이라는 칭찬을 듣고, 귀여움 받으며 무척이나 평화롭고 즐거운 생활을 이어가고 있다.

 이 귀여운 인형, 이 연약한 인형들이 세계평화를 위해 끼치는 힘은 결코 약하지 않을 것이다. 아니 강한 힘이 이 순진한 얼굴에서, 모습에서 나타나는 것이다.

   다음에 말하는 것은 과학관 아이들이 쓴 환영문과 이 다섯 손
님들이 고향의 친구에게 보낸 편지의 역문이다.

평화의 사자(인형의 집)

환영문 과학관의 아이

언제 만나도 방긋 하고 웃는 귀여운 미국인형들, 사과 같은 볼에 루비 같은 눈, 흰 눈 같은 피부에 금빛 머리. 언제 만나도 평화로운 얼굴, 즐거울 때는 더 즐거워진다. 기분 언짢을 때에도 한 번 만나면 우울한 기분이 금세 사라지고 봄의 마음, 추울 때에도 따뜻한 기분이 생긴다. 고향의 그리운 아버지와 어머니도 계신데 모두 까맣게 잊은 듯이 즐거운 얼굴, 가여운 생각도 든다.

하지만 우리들은 저 강한 마음을 모방해야 한다. 평화의 사자라는 중요한 짐을 짊어지고 있는 저 귀여운 인형들을 마음으로 존경해야 한다. 기쁘다. 자신 안에 이 소중한 손님을 맞이하는 것은 더할 나위 없는 행복이다.

큰 과학관 안에도 점점 평화의 빛이 더해져 간다. 우리들은 마음으로 이 인형들을 환영한다. 양손을 올리고 미국인형의 만세를 외친다. 만세, 만세.

(역문)

그리운 고향의 친구여.

이별을 하고나서 지금까지 편지도 드리지 못해 미안합니다. 아무쪼록 용서해주세요. 정말 지금까지 여기저기 여행이 이어지고 통 정착이 되지 않아 쓸 여유가 없었습니다. 우리들은 돌고 돌아

조선에 정착했습니다. 우리들의 집은 조선의 수도 경성에 있는 과학관으로 정해지고, 친구 폴리와 바바라, 후로라벨, 로야, 캐서린 이렇게 다섯을 위한 새집이 생겨 매일 사이좋고 즐겁게 지내고 있으니 안심하세요.

과학관은 금년 5월에 전 총독부 건물에 생긴 것으로 날마다 많은 사람(주로 조선인)이 보러 옵니다. 과학관은 전 일본 황제의 은혼식 때 조선인에게 과학지식을 보급시키고자 하사하신 하사금으로 지은 박물관입니다. 뉴욕과 필라델피아의 박물관과 비교하면 훨씬 뒤떨어지지만 아주 좋은 시설이라고 꽤 평판이 좋습니다. 관내 일실에는 우리들의 고국과 이력을 적은 팻말이 걸려 있습니다. 그리고 우리들 방은 새로 지은 아담한 일본식 집입니다. 의자와 그 외 가구도 귀여운 것이 다 갖추어져 있어 아무 불편함도 없습니다.

우리들은 많은 사람들과 모국을 떠나 하와이에도 들렀습니다. 해상 아득히 먼 아름다운 후지산을 보았을 때 서쪽인 미국은 구름과 파도에 숨겨져 보이지 않았습니다. 그러나 결코 눈물은 나오지 않았습니다. 그것은 그날에 처음 도쿄만東京灣—60년 전에 페리 제독이 일본에 왔을 때 닻을 내렸다고 하는ㅡ도쿄만에 들어왔을 때 실로 아름다운 경치에 황홀했기 때문입니다.

요코하마를 거쳐 금세 천황의 거처인 도쿄로 왔습니다. 도쿄는 지진 이후 아직 충분히 복원되지 않았습니다. 그러나 새로 생긴 건물과 거리는 모국과 별반 다르지 않았지만, 풍속이 마치 꿈을 꾸듯 상상도 하지 못한 것에 놀라버렸습니다. 아름다운 기모노가 먼저 눈에 들어왔습니다. 구두 대신에 신은 신발도 보았습니다. 말을 전혀 알아듣지 못했습니다. 그래도 아이들의 옷, 아가씨들의 기모노는 실로 아름다웠습니다. 대개 비단으로 양모가 아닙니다.

우리들 백 수십 명은 도쿄에서 다시 기차를 타고 하코네와 교토를 거쳐 시모노세키에서 영불해협 같은 연락선을 타고 8시간 후에 조선의 부산항에 도착했습니다. 조선은 지금 일본국의 일부이지만 풍속과 말이 완전히 다릅니다. 복장은 일반적으로 가지런하고 모양은 일본보다 낫거나 못하거나 하지 않지만 전부 흰색으로 언뜻 보아도 노동을 하지 않는 옛 모습 그대로를 보는 것 같았습니다. 여름엔 흰 삼베옷이고 겨울은 흰색 비단이나 목면을 사용합니다. 일본 혼슈本州에서 색채 디자인이 매우 향상되고 있는 것과 비교하여 조선의 옷은 아직 너무 빈약하고 단조롭다 여겨지고 상복과 같은 느낌이 듭니다. 집은 또한 매우 좁게 지어졌습니다. 실제 사람들은 살림살이 정도가 빈약하고 마음가짐이 진취적이지 못한 듯합니다. 복장만은 가지런해도 새로운 것을 얻고자하는 기풍이 왕성하지 않습니다.

조선어는 우리들 귀에는 기묘하게 들립니다. 일본 내지와의 연락은 없습니다만, 일본어는 전 조선에서 통용되고 있습니다. 교통과 경찰 등은 훌륭히 정비되어 있습니다. 단 천년 가까이 도원의 꿈에 취하고 문화의 비를 맞지 않았기에 지금 갑자기 구미와 어깨를 나란히 한다는 것은 어려운 일이겠지요. 그러나 도시는 내지인도 많이 들어와 있어 점차 문명화되고 있습니다.

우리들 백 수십 명은 경성에 와 처음 모국의 영사와 그리운 모국의 따님들을 만났습니다. 공회당에서 일본과 미국과 조선의 신사숙녀 회합이 있었고 대단한 환영을 받았습니다. 영어 연설과 일본어 연설을 들었습니다. 또 미국 학동의 창가와 무용, 일본의 것도 조선어의 것도 같이 화합하여 상당히 화려하고 재미있어 처음으로 긴 여행의 노고를 풀 수 있었습니다. 우리 여행의 동료는 삼삼오오 경성을 중심으로 하여 동서남북으로 나누어서 각 촌락과 도시의 학교에 제각각 오래 안주할 수 있는 곳을 찾기 위해 여행을 하였습니다. 어떤 사람은 러시아 국경으로, 어떤 사람은 지나 국경으로, 또 어떤 사람은 기차도 없고 전기도 없는 산속 학교에 혼자 간 분도 있었습니다. 우리들은 다행히 다섯이 함께 여서 아무 외로움도 없었습니다.

조선은 벌써 추워졌지만 절대 걱정하지 마세요. 화롯가에 우리들의 방이 놓여 있습니다. 방은 이층으로 되어 있고 그 아랫방은 쇼케이스로 그 안에 여행 면장免狀과 트렁크, 갈아입을 옷이 예쁘게 진열되어 있습니다.

우리들은 행복합니다. 우리들의 사명인 일미친선을 위해 마음으로부터 최선을 다할 생각입니다. 페리 제독이 흑선을 타고 와 놀라게 한 것보다도 훨씬 우리들은 일본인 심장 밑바닥에까지 친선의 피가 감돌게 할 수 있다는 걸 확신해 마지않습니다. 안녕히 계세요.

폴리, 바바라, 후로라벨, 로야, 캐서린으로부터

그리운 고향 친구들에게

일본어화 된 영어 이야기

프롤레타리아 Proletariat

이 말은 원래 Latin(라전어, 羅典語)의 Proles(영어의 Offspring 자식, 자손)에서 나온 말로(성의 매초埋草[69]를 만드는 것 외 아무 효능도 없는 것) 경멸해서 붙인 명칭으로 고대 로마에서 재산 없이 단지 자식이 있다고 하는 것 외는 국가에 아무런 역할을 하지 않는다고 간주되는 가장 하층시민의 뜻으로 사용된 것이다.

현재는 사회의 가장 가난한 사람 혹은 최하층의 사람의 뜻으로 쓰이고 특히 재산이 없어 자본가에게 사역당하는 임금노동자를 말하는 것이다. 또한 광의로는 Salaried class(봉급생활자)의 의미로도 쓰이고 있다. 이 계급의 사람들을 프롤레타리아라 말하고 이 계급에 속하는 사람을 Proletarian이라 말한다.

---

69) 옛날 성을 공격할 때 해자垓字를 묻어 버리기 위해 쓰던 풀.

샌드위치 Sandwich

4대째 Earl of Sandwich(샌드위치 백작 1718~1792)는 유명한 정치가이자 국무대신이기도 했던 사람이다. 그는 해군대신을 지낸 적이 있지만, 그의 무능 때문에 영국의 해군은 대단히 의기퇴폐하고 군기도 땅에 떨어질 정도였다. 1771년에서 1782년까지 특히 미국의 독립전쟁이 있었던 때가 그 극점에 달해 있었다. 원래 백작은 도박을 무척 좋아해서 직무를 태만히 하였고 조금도 군정을 돌보지 않았던 것이다. 도박을 할 때에는 식사조차 하기 귀찮고 배가 고프면 두 조각의 빵 사이에 고기를 넣어 먹으며 배고픔을 달랬던 것이다. 그는 매일 이것을 식사대용으로 하였기에 나중에 이 음식은 주인 이름을 붙여 샌드위치라 불리게 되었다. 음식의 주인은 죽어서 거의 잊어졌지만, 그 고안해 낸 음식만큼은 지금 널리 이용되고 편리하게 쓰이고 있다.

태평양 중앙에 있는 Hawaii(하와이) 군도도 원래는 Sandwich Island(샌드위치 제도)로서 알려져 있는데, 이는 백작이 해군대신일 때 Captain Cook[70](쿡 대좌)이 태평양을 항해하고 호주에서 태평양을 건너 북미의 북부를 지나 대서양으로 나오려고 하는 탐험 중, 1778년에 Hawaii 제도를 발견하고, 이곳을 당시 해군대신의 이름을 붙여서 Sandwich Island(샌드위치 제도)라 불렀다. 쿡은 다음해 하

---

70) Captain Cook(1728~1779) : 영국의 탐험가, 항해사, 지도 제작자.

와이 토인에게 살해당해서 북극해로까지 항해할 수 없었다. (이노우에#上 영어 강의록에 의한다.)

창작

가을은 간다

고가 야스코古賀恭子

1

어느덧 <얼음>이라고 적힌 빨간 깃발이 가게 앞에 얼굴을 내밀지 않게 되었다.

아 벌써 가을, 자유분방한 여름도 지나고 『소녀구락부小女俱樂部』[71]의 표지에도 단풍의 경치가 그려진 가을.

교정의 미루나무도 운동장에 하늘하늘 떨어져서는 다시 바람이 불어오면 작은 콩 인형 같은 잎사귀가 백 명이나 천명 손을 잡고 우리들을 에워싼다.

문득 남동생이 떠올랐다.

마당 한 구석에 있는 밤나무 아래에서 작은 손으로 밤을 줍던

---

71) 1923년에 고단샤講談社에 의해 창간됨. 1946년에 『소녀클럽少女クラブ』으로 잡지 명이 바뀌고 1962년에 폐간됨.

남동생이 그만 병석에 누워버렸다.

하루 이틀은 열이 꽤 있어 기운이 없었지만 네 닷새가 지나니 평상시 체온으로 돌아왔다.

"아버지 연대聯隊에 가면 안 돼요"

남동생이 말하자 어머니도 매우 기뻐하면서 일을 하셨는데 그 날 밤의 일이었다.

"아 코끼리가 그곳에 있어 무섭다."

남동생이 말했다.

"할아버지 할아버지"

그러고는 할아버지가 보내주신 하카타인형博多人形을 가슴에 꽉 안고 불꽃놀이가 들려올 적마다 말했다.

"저것은 도요하시豊橋72)의 마쓰리다. 아버지 빨리 보러 가요."

아버지는 아무래도 안 되겠다 싶어 빨리 곤도 씨를 불러 오라고 하셨다. 나는 유모와 둘이서 터벅터벅 쓸쓸한 길을 걸으며 곤도 씨를 부르러 갔다.

"실례합니다."

"네."

"지금 남동생이 이상한 소리를 하니 와서 봐 주세요."

"이상한 소리라니 어떤 소리를요."

---

72) 아이치현愛知縣의 남동부에 있는 도시.

나는 이때 뭐라 대꾸해야 좋을지 몰라 가만히 있었다.

"그럼 지금 곧 가겠습니다."

곤도 씨는 이렇게 말하고 안으로 들어가 버렸다.

식염주사를 놓는 등 캠퍼주사73)를 놓는 등 하며 한바탕 큰 소동이 났다. 남동생은 주사를 맞자 "아파 아파" 하며 한없이 큰소리로 외쳤다. 너무 아파하며 숨을 쉬는 것마저 힘들어해서 아버지와 어머니도 애를 쓰셨다. 맨 처음 주사는 효과가 있었지만 두세 번이 되자 효과는 없었다.

"한 번 더 맞게 해 주세요. 있는 만큼 치료해 주세요."

아버지가 말했다. 하지만 네 번째는 전혀 효과가 없어서 결국 반쯤 놓다가 말았는데 남동생이 살려고 손을 입으로 가져가서는 뭔가를 하고 있었다.

"뭘 하고 있니?"

아버지가 물었다.

"약을 먹고 있어요."

남동생이 말했다. 그리고 남동생은 아버지의 얼굴을 쓰다듬었다.

"아버지 마르셨네요."

남동생은 힘들어도 이것저것 말하였다.

---

73) 강심제의 한 가지.

"아가야 그리 말하지 않아도 돼. 알고 있단다."

그러나 남동생은 재잘거렸다.

"아가야 아버지 얼굴이 보이니."

"응 보여요. 고가 구조古賀九藏이시죠."

그런 말은 여섯 살 아이가 할 수 있는 게 아니라서 아버지와 어머니는 눈물을 흘렸다.

18일 아침.

"아버지, 할아버지가 오셔요."

"응 오시고 말고 할아버지가 오셔서 뭐라 하시니."

"제가 영리하다고 하셨어요."

남동생이 말했다. 이때 나는 건강해요라고 말할 수 없기 때문이라고 생각했다.

11시 25분

남동생은 저승길을 떠났다.

떠나기 5분인가 3분 전에 쓸쓸한 얼굴로 남동생이 말했다.

"아버지 어머니, 저 이제 죽어요."

나뭇잎도 쓸쓸히 떨어져 흩어진다.

2

"부처님 선향이 가는 연기를 내고 있네."

늘 북적이던 집안은 불이 꺼진 듯 놀 기운도 없어졌다. 조용하던 남동생의 어릴 적 모습과 밤나무 아래 그네와 작은 연못을 볼 적마다 그곳에서 놀던 남동생의 모습이 아른아른 눈에 보이는 듯해 안타깝고 슬픈 마음에 뭐라 말해야 좋을지 모르겠다.

아무 것도 모르는 여동생은 팔딱팔딱 뛰어다니고 재잘대며 놀다가 어느새 피곤한지 방석을 가지고 나와 사과 같은 얼굴로 새근새근 잠이 들어 버렸다. 단 하나 위로가 되는 여동생이 잠이 들어 버리자 집은 더욱 더 쓸쓸해졌다.

아버지도 "도무지 공부를 해도 머리를 두 배로 쓰는 것 같다." 하고 말씀하신다.

더욱 남동생이 떠올라 가슴이 메어지고 한마디도 말 할 수가 없다.

"아가가 있으면 정말 좋으련만 올해는 아무래도 운이 나쁜 해인 거 같구나."

어머니는 한 쪽 손에 든 뜨개질을 놓고 객실로 가셨다.

"괜찮아 이제 포기하자 언젠가 좋은 일이 있을 거야."

아버지도 공부를 그만뒀다.

나도 생각만 하다가 그만 자는 게 좋을 거 같아서 여동생 옆에 누웠는데 어느새 평안하게 잠이 들었다.

3

"아 오늘은 한 달째이니 축음기를 틀어보자."

어머니가 넓은 객실의 전등 밑에서 일어나셨다.

"짤깍" 하고 음반이 든 상자를 열고 좌우로 손이 닿는 대로 집어 꺼냈는데, 남동생이 마지막으로 들었던 군대행진곡은 한가운데에 제대로 넣어져 있었다.

나사를 빙글빙글 돌린 후 음반을 끼워 틀기 시작했다.

음반은 눈 돌아가듯 빠르게 돌기 시작했다.

객실에 놓인 침대 위에서 우리 네 명이 걸터앉아 노래 불렀을 때의 즐거움.

지금과 비교할 수 없는 즐거움이다.

축음기를 무척 좋아했던 남동생이 없기 때문에 군대행진곡도 눈물을 흘리며 들었다. 즐거웠던 일을 떠올렸다.

"아가도 오늘은 기뻐하고 있겠구나."

어머니는 하얀 손수건을 눈에 대시며 말씀하셨다.

잠시 있다 군대행진곡이 끝났지만 두 번 들었으니까 하고 다시 한 번 더 틀었다.

병상에서 콧노래를 불렀던 남동생의 목소리가 아직 귀에 남아 끝내 축음기 곁을 떠나버린 남동생의 목소리가 여전히 깊이 남아 있어 잊으려 해도 잊을 수가 없다.

조용히 밤은 깊어지고 군대행진곡도 차츰 끝을 향하고 있다. (끝)

단카 短歌

봄의 기쁨

하부 레이코土生黎光

동쪽하늘에 보랏빛으로 동이 트고 새해의
첫날의 아침 해가 아름답게 솟는다

아침안개는 닭이 우는 소리에 활짝 개이고
새해 첫날 화창히 나부끼는 일장기

한 잔의 술을 입술에 머금으며 난 불러본다
성주聖主가 계시기에 이 나라 강하다고

나의 마음이 충만함에 넘쳐서 빛을 발하네
새해를 배례하고 님을 생각할 때에

첫날 아침의 순수하고 올곧은 마음으로

님에게 보내누나 새해 경축의 인사

나니와즈浪速津74)의 고즈구高津宮75)에 계시는 사랑스런 님
새해 배례하면서 무엇을 빌었을까

늙지 말거라 항상 젊게 살라는 님의 말씀이
새해 첫날의 지금 절실히 생각나네

---

74) 오사카 항구의 옛 이름.
75) 오사카시 주오구中央區에 있는 신사.

작문

☀ 불

함남 삼수군 읍관면 용천리 소년 야학부 6학년 이종순李鍾順

내가 일을 마치고 떡을 구우면서 가족들과 화로를 둘러싸고 있는데 왠지 바깥 도로가 소란스러웠다. 어머님이 이미 "불이다. 불이다." 하고 말씀하셨다. 내가 신발도 신는 둥 마는 둥하며 바로 바깥으로 나가보니 제등76)을 들은 많은 사람들이 뛰어오고 있었다. 나도 많은 사람들에게 섞여서 나도 모르게 그 쪽으로 향하고 있었다. 남쪽 모퉁이를 조금 지나 대여섯 번째 집에서 불이 난 것이다. 두렵고 수상한 묘한 느낌으로 불에게 빨려들 듯이 가까이 다가갔다. 빨간 소방 인력거가 두 대, 많은 소방부가 열심히 활동하고 있었다. 경계선이 처져서 길모퉁이 너머로는 갈 수가 없었지만, 내가 겨우 사람을 헤집고 그 길모퉁이까지 가서 보았

---

76) 손잡이가 달려 있어 들고 다닐 수 있게 된 등.

을 때 불은 대부분 꺼져가고 있었다. 하지만 그래도 아직 발그스름한 흰 연기가 훨훨 피어올라가고 있었다. 순사가 제등을 휘두르면서 소리를 내며 경계하고 있었다. "××군의 집에서 불이 났데요." "한 채뿐입니까?" "아니 이웃 ××군의 집도 반 정도 탔습니다." 하고 화재현장에서 나온 남자 한명이 말하자 여기저기서 네다섯 명씩 작은 목소리로 속삭이고 있었다. 다음날 아침이 돼서 그 ××군의 집을 보러갔었다. 이불솜 탄 것과 ××군 집의 타고 남은 재목 등이 젖은 채로 입구 쪽에 무작위로 쌓여 있었다. ― 애보는 이가 혼자 가만히 그것을 보고 있었다.

(주) 화재현장과 불탄 자리의 정경이 잘 표현되었습니다.

충주 공보[77] 5년 김임출金任出

8월 15일 수요일 구름

관동지방을 여름방학 중에 전부 외우려고 했으나 오늘까지 해서 아직 안 끝났다.

오늘 중에 다 마치려고 했는데 교통 부분까지 하고 나니 싫증이 났다. 내일 다시 할 생각으로 강변으로 뛰어갔다.

탄금대 쪽으로 가니 권해갑 군이 물고기를 잡고 있었다. 나도

---

77) 공립보통학교의 줄임말.

잡고 싶어져서 집으로 돌아와 그물을 갖고 갔지만 옷만 적시고 물고기는 세 마리.

충주 공보 5년 김현옥金顯玉

8월 12일 금요일 맑음

오늘은 장날이어서 어머니는 장에 가셨다. 낮에는 어머니 없이 점심을 먹었다. 왠지 쓸쓸한 기분이 들었다.

아버지께서 눈이 아프시다고 하셔서 약국에 뛰어가 안약을 사다드리니 정말로 나으셨는지 아버지는 즐거운 목소리로 "이제 다 나았다." 하고 기뻐하셨다.

언젠가 수신 수업 시간에 선생님께서 말씀하신 것이 생각나서 나도 기뻤다.

충주 공보 5학년 고승훈高升勳

8월 4일 목요일 맑음

아침밥을 먹고 막 책을 펼치려고 하니 밖에서 아버지가 부르시는 목소리가 들려 뛰어나갔다.

"이 개를 숙모네 집까지 끌고 갔다 오너라. 아무데나 똥을 싸서 어쩔 수가 없으니."

이 개는 요전에 숙모네서 받아 온지 얼마 되지 않은 내가 제일 귀여워하는 검정에 흰색이 섞인 귀여운 강아지였다.

나는 슬펐다. 어머니 말씀이면 반대라도 해보았겠지만, 아버지 말씀이니 어쩔 수 없이 강아지를 안고 숙모네 집에 가서 다음 주 일요일을 약속하고 집으로 돌아와야 했다.

강아지도 나랑 같은 마음이었을까, 슬픈 얼굴로 숙모에게 안긴 채 나를 배웅해주었다. 집에 돌아오니 오래 만나지 못했던 누나가 돌아와 있었다.

강아지와 헤어진 슬픔. 누나를 만난 기쁨.

소학교에 입학한 후의 희망
한산 공소 6학년 이향규李亨珪

선생님 덕분에 무사히 소학교에 입학했습니다. 이제부터 소학교 학생입니다. 저는 너무 기쁩니다. 오늘부터 서로 사랑하고, 잘못한 일이 있어도 서로 용서하고, 같은 교실에서 즐겁게 공부하고 즐겁게 운동하고 깊은 정을 나누며 이 소학교에서 6개월간을 무사히 지냅시다. 졸업해도 '저 사람은 소학교에 다닐 적에 정이 많았던 사람이다.'라고 기억될 정도로 친근한 마음을 갖고 공부할 생각입니다. 이것이 소학교에 입한 한 후의 희망입니다.

✿ 날아간 매미

충남 연산 공보 6학년 김명선金明善

제가 집 동쪽에서 땀을 식히고 있자 매미 한 마리가 날아와서 옆에 있는 빨래대에 앉아 맴맴하고 울기 시작했습니다. 저는 잡으려고 살금살금 몸을 숙이고 조용히 다가갔더니 매미는 그걸 알았는지 몰랐는지 아무렇지 않게 울고 있다. '확' 손으로 잡았다고 말하면 그걸로 끝났겠지만 손안에는 아무것도 없었다. 어이가 없어 하늘을 올려다보니 이미 매미는 세 간(약 5.4미터)이나 앞을 날고 있었기에 너무 분해서 쫓아가니 두 장(약 6미터)이나 되는 미루나무 그늘에 인사도 하지 않고 모습을 감췄다. 저런 건 언제든지 잡을 수 있어,라고 생각하며 저쪽을 보니 남동생이 열심히 뭔가를 만들고 있었다. 가까이 가서 "뭐하고 있니?" 하고 물었더니 "매미채를 만들고 있어."라고 대답해서 보니 생각과는 딴판으로 대나무에 거미줄이 엉켜있는 것이다. 나는 자신도 모르게 웃어버렸다. 이런 걸로 '저' 매미를 잡을 수 있겠는가.

✿ 별

풍산 공보 5학년 박남율朴南律

마주 보이는 하늘 위 구름 가까이에 커다란 별 하나가 떠올랐다. '응, 저기 하나.'라고 생각하니 또 하나가 나왔다. 세면 셀수록 보면 볼수록 넓은 하늘에 별이 가득 찼다. '자, 그럼 이제 한 번 세봐야지.' 하고 검지를 치켜 올리니 하늘 가득이 있는 별들이 이것저것 방해를 해서 셀 수가 없다. 재미있는 북두칠성은 어디 있을까, 하고 북쪽 낮은 하늘을 보니 별 하나가 별 같은 건 볼 새도 없이 반짝하고 떨어졌다. 이건 무엇보다 신기한 거라고 생각하면서 집에 들어왔다.

개의 병

제주 공보 4학년 오승환吳丞煥

우리 집에는 작년 8월경에 태어난 개가 있습니다. 그 개는 저를 많이 따릅니다.

제가 학교에서 돌아오면 돌담 사이에서 뛰어나와 콩콩 울거나 꼬리를 마구 흔듭니다. 흙투성이 발로 덤벼들어 옷을 더럽게 해도 화를 낼 수도 없습니다.

이번 주 월요일 제가 학교에서 돌아오니 항상 맞아주던 개가 나오지 않습니다.

무슨 일인가 싶어 집에 들어와 보니 조용히 자고 있었습니다.

저는 깜짝 놀랐고 밥을 가져다주어도 쳐다보지도 않습니다. 생선을 주어도 먹지 않습니다.

저는 바로 어머니에게 물었더니 어머니는 "병에 걸렸구나." 하고 말씀하셨습니다.

나의 오리

제주서중공보 4학년 양을梁乙

나의 오리는 금요일에 정서기가 주워온 겁니다.

그 오리를 안고 연못으로 가 풀어주자 여기저기 헤엄쳐 다니면서 뭔가를 먹습니다. 자세히 보니 그건 올챙이였습니다. 밥을 주어도 잘 먹습니다.

밤에는 집에 데리고 가서 재우고 아침에 일찍 다시 연못으로 데리고 갑니다.

어제 아침에는 개가 와서 물으려고 했기에 나는 깜짝 놀라서 쫓아버렸습니다. 그 순간, 오리는 어디론가 도망가 버렸고 아무리 찾아보아도 없었습니다. 저는 오리가 매우 걱정됩니다.

아직 어린 오리라서 멀리 가지 않았을 거라 생각하고 1학년생인 고병생을 데리고 같이 찾아보니 일정(약 109미터) 정도 건너편에 있는 풀 속에서 부스럭거리는 소리가 났습니다.

나는 매우 기뻐서 오리를 데리고 와 연못에 풀어주니 아무 일도 없었다는 듯이 올챙이를 잡아먹습니다.

공상의 그림

전주 제일보 6학년 이일남李一男

내가 그림을 잘 그리게 된다면, 이런 생각이 이 작은 가슴에 가득 차있습니다.

만약 내가 그림을 잘 그리게 된다면 나의 희망은 산만큼이나 많다.

그림을 잘 그리게 된다면 나의 전람회를 열어서 많은 사람들에게 보여줘서 즐겁게 해줄 것이다. 그리고 때때로 친척이나 친구들에게 선물로 줄 것이다. 기분이 나쁠 때에는 항상 자연에 둘러싸여 자연을 그리고 즐길 것이다. 등등 이렇게 근거 없는 생각을 하고 있으면 어느 샌가 내가 그림을 잘 그리게 되어서 내 희망사항이 이루어진 것 같은 기분이 들어 남몰래 웃지 않을 수 없다.

☀ 좋아하는 과목과 싫어하는 과목
전주 제일보 6학년 유기열柳棋烈

수많은 과목 중에서 가장 좋아하는 것은 글쓰기, 산술입니다. 특히, 글쓰기가 좋습니다.

글쓰기는 쓴 글이 자기 마음에 들었을 때만큼 기분 좋은 일은 없습니다. 이처럼 만족스러운 글을 쓰게 되었을 때 선생님한테 어떤 비평을 들어도 아무리 평가 점수가 나빠도 상관없게 됩니다. 평점이 좋으면 더 좋다.

글 쓰고 내 문집에 글이 점점 늘어나는 것이 무엇보다 즐겁다.

나는 5학년 때 쓴 글을 모아서 학년말에 읽어보고 매우 기뻐한 적이 있다.

올해도 변함없이 분발해서 글을 쓰고자 한다.

산술도 어려운 문제를 푼 다음이 제일 유쾌하다. 아무리 생각해도 몰랐던 어려운 문제나 다른 사람이 풀지 못한 문제가 풀려서 답이 딱 맞았을 때는 도깨비 목이라도 가져 온 듯이 기쁘다. 그래서 춤을 추고 싶어진다.

하지만 아무리 풀어도 답을 모르는 것은 자꾸 신경질이 난다.

뭐니 뭐니 해도 나는 글을 쓰는 것과 산술의 어려운 문제를 푸는 것을 최고의 즐거움으로 여기고 있다.

이와 반대로 싫어하는 과목은 창가다. 학생들 앞에서 노래 불러야 할 때나 시험 때는 가슴이 벌렁벌렁거리고 얼굴이 빨개지고 목소리는 덜덜 떨려온다. 게다가 선생님이 "다시 한 번"이라고 말씀하시면 정말로 부끄럽고 쥐구멍에라도 들어가고 싶다. 그래서 난 창가를 싫어하는 것이다. 그리고 때로는 창가 시간만 없어졌으면 좋겠다는 생각도 한다.

하지만 다른 사람이 노래 부르는 걸 듣는 건 좋아한다. (끝)

⁂ 여름 아침

전주 제일보 6학년 이일남李一男

문득 눈을 떴다.

동쪽 하늘이 어렴풋이 밝다. 처마 끝에서 제비가 지저귀는 소리가 어렴풋이 들려온다. 나는 이불에서 튀어 일어나 마당으로 나왔다. 싸늘한 바람이 살살 불어온다.

후련한 기분으로 우거진 미루나무를 바라보니 참새 무리가 날아서 옆의 숲으로 옮겨간다. 초록색 들판에 농부 한 명이 쓸쓸이 서있다. 얼마나 기분이 좋은가.

나도 자연의 미, 초록 나라에 이끌려서 한 발자국 한 발자국 걸어간다. 풀 위에 함초롬히 내려앉은 이슬구슬이 내 발 밑에서 밟혀서 흐트러진다. 동쪽 하늘이 점점 밝아져서 이윽고 햇님이 떠오르셔서 선명한 초록색 나라를 부드럽게 밝히신다.

아침의 복을 받은 내가 엄숙한 표정으로 걸어 다니고 있다.

건너편 개울가 근처에 있는 뽕나무밭에는 아가씨 한 명이 부지런히 뽕잎을 따고 있다.

개울물이 맑게 작은 파도를 일며 흘러가고 있다.

나는 여러 사색에 젖어 서있다.

마을에서는 가느다란 연기가 하늘을 향해서 일어난다. 벌써 아침식사 때가 다 되었나 보다. 나는 기분 좋은 아침에 산보를 할 수 있었다.

여름 아침은 실로 기분이 좋다.

가을

시종 공보 2학년 김권종金權宗

논도 밭도 곡물이 한 가득입니다.

논의 노란 벼는 경례를 하듯이 머리를 숙이고 있고 밭의 콩은 콩깍지가 부풀어 올랐습니다.

농부는 그 더운 여름날동안 땀을 흘리며 고생하면서 키운 논이나 밭의 곡물을 보면 얼마나 마음이 기쁠까요. 여러 풀이나 나무 잎은 빨간색과 노란색으로 물들고 때까치 우는 소리는 맑게 들려옵니다.

가을은 실로 기분이 좋고 재미있습니다.

☼ 초겨울

장림 공보 3학년 무라마쓰 아키라村松章

오늘 첫눈이 내렸습니다. '내지'에서 조선으로 온지 얼마 안 되서 눈이 신기했습니다. 더 많이 내리면 좋겠다고 생각했습니다. 보치도 기뻐하는 것 같았습니다. 고양이는 왠지 기뻐하는 얼굴이 아니었습니다. 앞으로는 더 많이 내릴 테니까 남동생하고 눈사람을 만들어서 놀고 싶다고 지금부터 기다리고 있습니다.

☼ 초겨울

장림 공보 3학년 최의순崔義淳

어젯밤은 구름이 끼었습니다만 오늘 아침부터 눈이 내렸습니다. 올 겨울 처음 봐서 그런지 기뻤습니다. 오늘 아침 학교에 올 때는 펑펑 내려서 앞을 걸어가는 학생의 발자국이 바로 보이지

않게 되었습니다. 형의 모자도 내 모자도 이 군의 모자도 모두
새하얗게 되었습니다. 누구 것이 새것인지 모르게 되었습니다.
빨리 수업이 끝나면 아침에 만들다만 눈사람에게 머리를 올려주
고 싶습니다.

동요

☀ 밤(수상)

전남 시종 공립 3학년 김귀동金貴同

밤나무 흔드니

뿔뿔이

밤송이에서 열매가 떨어졌다.

옆 집 꼬마아가씨 그것을 보고

아장아장

뛰어와서

방긋방긋 웃었다

하나 주워 손에 쥐어주니

귀여운 손으로

부끄러운 듯이

쥐고는 웃으며 엄마하고 부르고

집으로 아장아장 뛰어서 돌아간다

목소리도 귀엽고

모습도 귀엽다.

[평] 동동동 귀여운 발걸음으로 빨간 리본을 하늘하늘 흔들면
서 돌아가는 꼬마아가씨의 뒷모습이 보이는 것 같습니다.

쓰러진 꽃
전주 제일보 6학년 이일남李一男

갑자기 분 바람에

쓰러진 꽃

가지가 마를 때까지

꿈을 꿨다

쓰러진 꽃의

긴 꿈에는

강한 바람이 불고 있었다.

노을
전주 제일보 6학년 김대원金大院

석양 노을의

서산은

석양에 빨갛게 물들었습니다
석양 노을의
파란 하늘은
금빛 별들이 떠올랐습니다.

귀뚜라미 상자
연산 공보 6학년 김명선金明善

아기 방
창가에
달아놓은
귀뚜라미 상자여
작고 귀여운
이 상자는
귀뚜라미의
상자 집
넓은 들판의
풀숲에서
뛰어놀던
귀뚜라미들이여
상자 집은
답답하지

상자 집은
쓸쓸하지
이파리 줄테니
먹어 보아라
물 줄테니
마셔 보아라
그리고 기운 나는
목소리로
귀뚜귀뚜라-미라고
울어 보아라

밤하늘의 별

한산 공보 6학년 조원홍趙源泓

제일 먼저
셀 때
반짝반짝하고
여기저기서
빛나기 시작한 것은
반짝반짝 빛나는
첫 별
별 나라

257

또 하나 나왔다

둘째 별

또 하나 나왔다

셋째 별

코스모스

한산 공소 5학년 오리가베 쇼코織壁靖子

코스모스여

연분홍색의

코스모스여

소녀의 사랑이라고도

불리는

눈 같은

코스모스여

나는 이걸

좋아해요

역시

소녀의 사랑이에요

바람에 나부껴

하늘하늘 거리는

내가 좋아하는

코스모스여

낙엽
삼흥학교 4학년 김광을 金光乙

1. 팔랑팔랑
   가을 낙엽이여
   파란 옷은
   어느새 벗고
   빨간 옷은
   어느새 입었니

2. 팔랑팔랑
   가을 낙엽이여
   불어오는 바람에
   화내서 소리 지르고
   지르다 지면
   흘끗 떨어진다

3. 팔랑팔랑
   가을 낙엽이여
   물 위에 떨어지면
   작은 배 같고
   밭에 떨어지면

작은 새 같다

가을 저녁
덕천 공보 4학년 한치상韓致相

빨간 햇님
서쪽 산에 들어가 버렸다
시원한 바람이 솔솔
억새풀은 하얀 이삭을 내밀고
바스락바스락 소리를 낸다
소나무 가지가 흔들흔들 움직인다

자장가
제주도 서중 공보 4학년 강갑생康甲生

아기를 업은 여자 아이가
돌아가는 내내 부른다
"저녁 무렵
　새들도 집을 찾는다
　우리들도 빨리
　집에 돌아갑시다"
돌아갈 집에 불이 들어온다

바람

제주도 서중 공보 4학년 오인생吳寅生

마을에서 하루 종일 북풍이 불었다
작은 새는 어디론가 날아가 버렸다
마을에서 하루 종일 북풍이 불었다
까마귀도 곤란해져서 날지 못했다
마을에서 하루 종일 북풍이 불었다
머리를 흔들흔들 나무도 울었다
마을에서 하루 종일 북풍이 불었다
바람의 외침을 듣고 들으면서 잤다
마을에서 하루 종일 북풍이 불었다
눈의 한라산이 깨끗하게 개었다

딸기와 작은 새

제주도 서중 공보 3학년 고문수高文洙

빨갛게 익은 딸기 하나
잎사귀 그늘에서 몰래 자고 있었다
그것을 발견한 작은 새가 있었다
저쪽을 보고
"아버지 오세요."
이쪽을 보고

"어머니 오세요."
작은 나뭇가지에 앉아
"친구들아 오세요."

꿩

제주도 서중 공보 4학년 강갑생

꿩이
보리밭에서 울었다
머리에는
노란 모자
목에는
하얀 목걸이
양지에 나오니
금처럼
날개가 빛난다
꿩은
목을 길게 빼고 울었다

편집여록

◇ 새해 복 많이 받으세요. 작년 한해는 본지를 후원해 주셔서 감사드립니다. 부디 올 한해도 작년의 두 배가 되는 성원을 부탁드립니다.

◇ 본지 권두에 실린 학무국장의 신년소감에서도 적은대로 올해는 조선에 총독, 정무총감이 새로 부임하셔서 모든 방면에 있어서 갱신 갱장의 기운이 일어나고 있습니다. 우리도 가능한 노력해서 일진월화의 시류에 순응해 가야합니다.

◇ 이번 호는 예고한 대로 '동화호'로 하였습니다. 회원 여러분이 열심히 쓴 역작은 약 70편이나 되었습니다만, 지면의 제한으로 모두를 게재하지 못한 점은 심히 유감입니다. 언젠가 어떻게든 발표할 생각입니다. 다음 호는 예고한대로 '국어교수법연구호'로 하겠습니다. 많은 명사들의 현장에서의 비평을 만재할 겁니다.

쇼와 2년 12월 29일 인쇄
쇼와 3년 1월 1일 발행
　　　[정가 금 오십 전]
　　　　　　　　　경성부 서소문정
　　　편집 겸 발행자　이와사 시게가즈 岩佐重一
　　　　　　　　　조선총독부학경무국내
　　　발 행 소　　조선교육회
　　　(대체구좌 경성1030번)
　　　　　　　　　경성부 봉래정3-62 · 3
　　　인 쇄 자　　아카사키 산스케 赤崎參輔
　　　　　　　　　경성부 봉래정3-62 · 3
　　　인 쇄 소　　조선인쇄주식회사
　　　　　　　　　경성부 본정1정목
　　　도매별소　　오사카야호서점
· ·
도쿄방면 광고 일괄 취급
　　　도쿄도 고이시가와구 니시에도가와초 6번지
　　　잇세이샤 誠社